# 中國語言文字研究輯刊

十七編

許學仁 主編

第11冊

山東出土金文合纂
（第五冊）

蘇 影 著

花木蘭文化事業有限公司

國家圖書館出版品預行編目資料

山東出土金文合纂（第五冊）／蘇影 著 -- 初版 -- 新北市：
花木蘭文化事業有限公司，2019〔民 108〕
目 2+204 面；21×29.7 公分
（中國語言文字研究輯刊 十七編：第 11 冊）
ISBN 978-986-485-931-3（精裝）

1. 金文 2. 山東省

802.08　　　　　　　　　　　　　　　　　108011982

中國語言文字研究輯刊
十七編　　第十一冊　　　　　ISBN：978-986-485-931-3

## 山東出土金文合纂（第五冊）

作　　　者　蘇　影
主　　　編　許學仁
總 編 輯　杜潔祥
副總編輯　楊嘉樂
編　　　輯　許郁翎、王　筑、張雅淋　美術編輯　陳逸婷
出　　　版　花木蘭文化事業有限公司
發 行 人　高小娟
聯絡地址　235 新北市中和區中安街七二號十三樓
　　　　　　電話：02-2923-1455／傳眞：02-2923-1452
網　　　址　http://www.huamulan.tw 信箱 hml810518@gmail.com
印　　　刷　普羅文化出版廣告事業
初　　　版　2019 年 9 月
全書字數　286993 字
定　　　價　十七編 18 冊（精裝）　台幣 56,000 元

# 山東出土金文合纂
## （第五冊）

蘇影　著

**目次**

下　編

山東出土金文編

# 凡　例

一、本書專收二〇一五年上半年以前公開發表的山東出土銅器銘文共計七百零四件。

二、本書主體由正編（十四卷）、合文、附錄一、附錄二組成。正編編排依據大徐本《說文》爲序，始一終亥。

三、本書收錄金文字形，一律從拓片裁切，並標註拓片來源，拓片不清者附摹本以供參考。

四、本書每字頭下所收金文字形，均標註所出器的名稱，每個字形按照時代先後排列，順序爲商、商或西周早期、西周早期、西周早或中期，西周中期，西周中期或晚期，西周晚期，西周晚期或春秋早期、春秋早期、春秋早期或中期、春秋中期、春秋中期或晚期、春秋晚期、春秋、春秋晚期或戰國早期、戰國早期、戰國早期或中期、戰國中期、戰國中期或晚期、戰國晚期、戰國。斷代主要依據著錄書的說法。

五、本書金文字形所標註拓片來源，取於《殷周金文集成》者，只標註該書拓片的序號，如「2728」表示取於《殷周金文集成》第二七二八號；取於《近出金文集錄》者，標註該書的簡稱和拓片序號，如「近出 1226」表示取於《近出金文集錄》第一二二六號；取於《新收殷周青銅器銘文暨器影彙編》者，標註該書簡稱和頁數，如「新收 1048」表示取於《新收殷周青銅器銘文暨器影彙編》第一〇四八號。餘可類推，取自刊物者，一般標註全稱。亦有個別標註簡稱者，詳見《拓片引用書目》。刊物年份標註，只標註後兩位數字，如「考古 10.08」表示取於《考古》二〇一〇年第八期。

六、本書收錄之金文字形，刊布時間下限截至二〇一五年。

七、本書卷末有筆劃索引，以供檢索。

# 山東出土金文編　卷一

# 元 002　　　一 001

| | | | | |
|---|---|---|---|---|
|  |  |  |  |  |
| | 魯大司徒厚氏元<br>簠<br>春秋早<br>4690.2 | 取子鉞<br>西周早<br>11757 | 四十一年工右耳<br>杯<br>戰國晚<br>新收 1077 | 旅鼎<br>西周早<br>2728 |

摹本
魯大司徒厚氏元
盂
春秋早
10316

魯大司徒厚氏元
簠蓋
春秋早
4691

魯大司徒厚氏元
簠
春秋早
4689

四十年工右耳杯
戰國晚
新收 1078

引簋
西周中晚
海岱 37.6

不嬰簋
西周晚
4328

魯大司徒厚氏元
簠
春秋早
4691

魯大司徒厚氏元
簠蓋
春秋早
4690.1

摹本
丁之十耳杯
戰國晚
新收 1079

摹本
魯大左司徒元鼎
春秋中
2592

# 不 004　　　　天 003

| 不 | | 天 | | |
|---|---|---|---|---|
| | 宋公䜌簠<br>春秋晚<br>文物 2014.1 | 天爵<br>西周早<br>圖像集成 6909 | 工盧王劍<br>春秋晚<br>11665 | 叔夷鐘<br>春秋晚<br>277 |
| | 宋公䜌鼎<br>春秋晚<br>文物 2014.1 | 叔夷鐘<br>春秋晚<br>275 | | 叔夷鎛<br>春秋晚<br>285 |
| 叔卣內底<br>西周早<br>新出金文與西周<br>歷史 9 頁圖二.4 | 司馬楙編鎛<br>戰國<br>山東成 104-108 | 叔夷鎛<br>春秋晚<br>285 | 摹本<br>梁白可忌豆<br>戰國<br>近出 543 | |

# 叓 005

| 叓 | | | | |
|---|---|---|---|---|
| 子禾子釜<br>戰國中<br>10374 | 莒侯少子簋<br>春秋<br>4152 | 叔夷鐘<br>春秋晚<br>276 | 郜公典盤<br>春秋中<br>近出 1009 | 摹本<br>叔內底<br>西周早<br>新出金文與西周<br>歷史 8 頁圖二.1 |
| | 讀作邳<br>邳伯缶<br>戰國早<br>10007 | 叔夷鐘<br>春秋晚<br>283<br><br>叔夷鎛<br>春秋晚<br>285 | 叔夷鐘<br>春秋晚<br>275 | |

| 福 010 | 祿 009 | 下 008 | 帝 007 | 上 006 |
|---|---|---|---|---|
| 福 | 祿 | 下 | 帝 | 上 |
| 啓卣蓋<br>西周早<br>5410 | 永祿休德鈹<br>春秋晚<br>山東成 903 | 囂所獻盂<br>春秋晚<br>海岱 37.256 | 叔夷鐘<br>春秋晚<br>275 | 啓卣蓋<br>西周早 5410 |
| 啓卣<br>西周早<br>5410 | | | 叔夷鎛<br>春秋晚<br>285 | 啓卣<br>西周早<br>5410 |
| 不嬰簋<br>西周晚<br>4328 | | | | 啓尊<br>西周早<br>5983 |
| 蔡姞簋<br>西周晚<br>4198 | | | | 上曾太子鼎<br>春秋早<br>2750 |

# 祭 012　　齋 011

| 祭 | 齋 | | | |
|---|---|---|---|---|
| <br>莒侯少子簋<br>春秋<br>4152 | 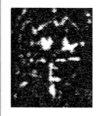<br><br>十年鈹<br>戰國<br>11685 | <br>荊公孫敦<br>春秋晚<br>近出 537<br><br><br>永祿休德鈹<br>春秋<br>山東成 903 | <br><br>叔夷鐘<br>春秋晚<br>277<br><br><br><br>叔夷鎛<br>春秋晚<br>285 | <br>侯母壺蓋<br>春秋早<br>9657.1<br><br><br>侯母壺<br>春秋早<br>9657.2<br><br><br>魯伯愈盨蓋<br>春秋早<br>4458<br><br><br>魯伯愈盨<br>春秋早<br>4458 |

## 祖 014　　祀 013

祖

祀

祖辛禹罍
商晚
9806

祖戊爵
商晚
新收 1064

戍宦無壽觚
商中
近出 757

滥盂
春秋
新浪網

小臣艅犀尊
商晚
5990

斝禹祖辛卣
商晚
圖像集成 13077

祖辛禹卣蓋
商晚
5201

且戊爵
商中晚
通鑒 7780

司馬楙編鎛
戰國
山東成 105

筥平壺
春秋晚
新收 1088

劃甫作祖戊簋
西周早
總集 2312

祖辛禹卣
商晚
5201

祖辛禹方鼎
商晚
2111

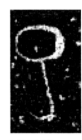
工虞王劍
春秋晚
11665

敏祖己觚
西周早
新收 1048

祖己觶
商晚
6370

祖辛禹方鼎
商晚
2112

# 祈 015

| | | | | |
|---|---|---|---|---|
| | | | | |

芮公叔簋蓋
西周早或中
近出 446

芮公叔簋器
西周早或中
近出 446

魯伯愈盨
春秋早
4458

司馬楙編鎛
戰國
山東成 107

叔夷鎛
春秋晚
285

叔夷鐘
春秋晚
276

叔夷鐘
春秋晚
277

叔夷鐘
春秋晚
284

不嬰簋
西周晚
4328

叔夷鐘
春秋晚
272

叔夷鐘
春秋晚
275

禩016

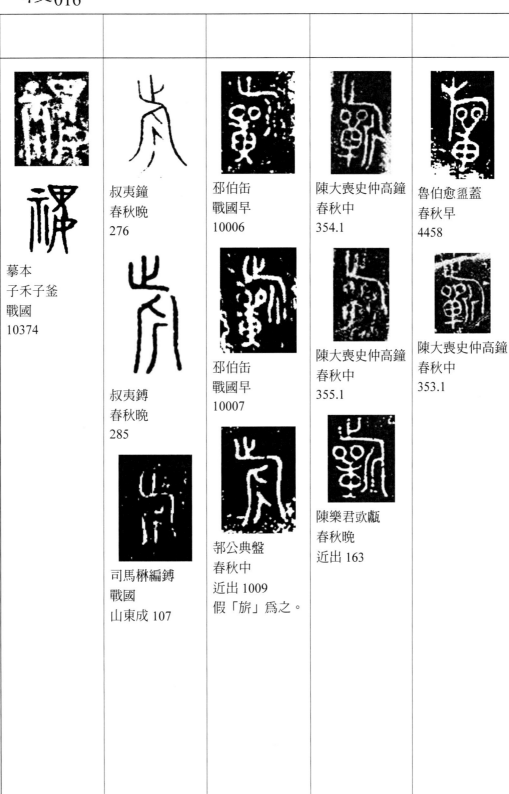

摹本
子禾子釜
戰國
10374

叔夷鐘
春秋晚
276

叔夷鎛
春秋晚
285

司馬楙編鎛
戰國
山東成 107

邳伯缶
戰國早
10006

邳伯缶
戰國早
10007

郝公典盤
春秋中
近出 1009
假「旂」爲之。

陳大喪史仲高鐘
春秋中
354.1

陳大喪史仲高鐘
春秋中
355.1

陳樂君歗甗
春秋晚
近出 163

魯伯愈盨蓋
春秋早
4458

陳大喪史仲高鐘
春秋中
353.1

祇 017　　　三 018　　　王 019

## 祇 017

司馬䟿編鎛
春秋晚
音䟿 48 頁

## 三 018

三

良山戈
西周早
山東成 762

摹本
叔尊
西周早
新出金文與西周
歷史 8 頁圖二.1

叔卣內底
西周早
新出金文與西周
歷史 9 頁圖二.4

紀仲觶
西周中
6511.1

紀仲觶
西周中
6511.2

叔夷鐘
春秋晚
272

## 王 019

王

作冊般甑
商
944

小臣俞犀尊
商晚
5990

叔夷鎛
春秋晚
285

四十年左工耳杯
戰國晚
新收 1078

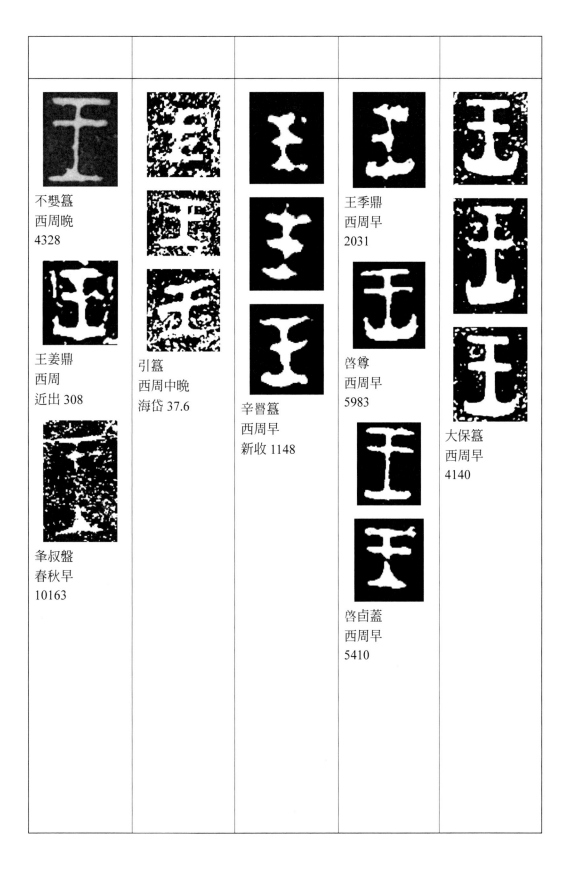

不嬰簋
西周晚
4328

王姜鼎
西周
近出 308

夆叔盤
春秋早
10163

引簋
西周中晚
海岱 37.6

辛霱簋
西周早
新收 1148

王季鼎
西周早
2031

啓尊
西周早
5983

啓卣蓋
西周早
5410

大保簋
西周早
4140

# 皇 020

| 皇 | | | | |
|---|---|---|---|---|
| <br>魯仲齊鼎<br>西周晚<br>2639 | <br>司馬楙編鎛<br>戰國<br>山東成 105 | <br>夆叔匜<br>春秋<br>10282 | <br>余王鼎<br>春秋晚<br>文物 2014.1 | <br>叔夷鐘<br>春秋晚<br>272 |
| <br>不嬰簋<br>西周晚<br>4328 | <br>梁白可忌豆<br>戰國<br>近出 543 | <br>濫盂<br>春秋<br>新浪網 | <br>工盧王劍<br>春秋晚<br>11665 | <br>叔夷鎛<br>春秋晚<br>285 |
| <br>乘父士杉盨<br>西周晚<br>4437 | <br>攻吳王夫差劍<br>戰國<br>新收 1523 | <br>陳璋方壺<br>戰國中<br>9703 | <br>越王劍<br>春秋晚<br>圖像集成 17868 | <br>攻敔王夫差劍<br>春秋晚<br>近出 1226 |
| | | <br>郾王職劍<br>戰國晚<br>近出 1221 | | |

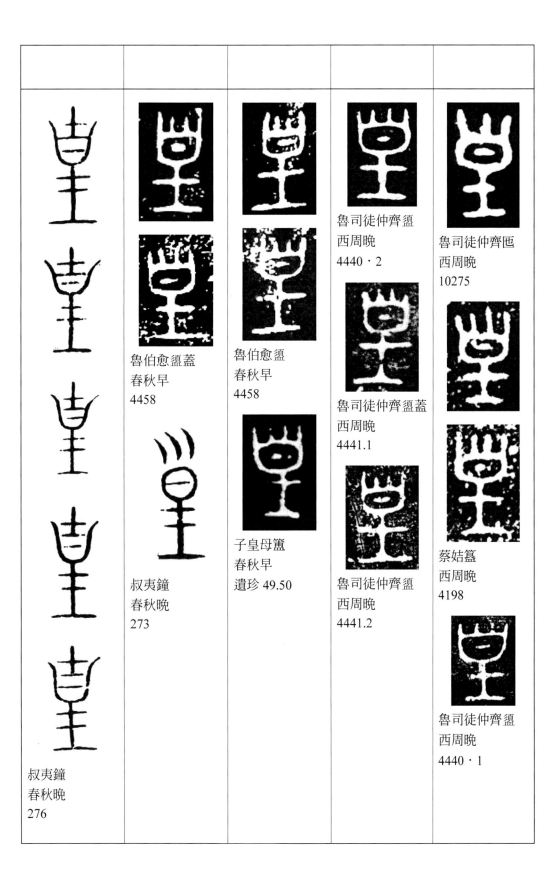

魯伯愈盨蓋
春秋早
4458

叔夷鐘
春秋晚
273

魯伯愈盨
春秋早
4458

子皇母簠
春秋早
遺珍 49.50

魯司徒仲齊盨
西周晚
4440·2

魯司徒仲齊盨蓋
西周晚
4441.1

魯司徒仲齊盨
西周晚
4441.2

魯司徒仲齊匜
西周晚
10275

蔡姞簋
西周晚
4198

魯司徒仲齊盨
西周晚
4440·1

叔夷鐘
春秋晚
276

## 璋 022　　瓏 021

| 璋 | 瓏 | | | |
|---|---|---|---|---|
| 　子備璋戈　春秋早　近出 1140　　摹本　陳璋方壺　戰國中　9703 | 　鴬鼎　西周早　國博館刊 2012.1 | 　莒侯少子簠　春秋　4152　　司馬楙編鎛　戰國　山東成 104-108 | 　叔夷鎛　春秋晚　285 | 　叔夷鐘　春秋晚　284 |

| 中 026 | | 士 025 | 霝 024 | 玕 023 |
|---|---|---|---|---|
| 中 | | 士 | 霝 | 玕 |

中

曾爵
商晚
滕州墓 256 頁

曾觚
商晚
海岱 169.1

齊仲簋
西周早
近出 421

魯士厚父簠
春秋早
4517.1

正叔止士戲俞簠
春秋早
遺珍 42.44

士

嬰士父鬲
西周晚
715

嬰士父鬲
西周晚
716

乘父士杉盨
西周晚
4437

叔夷鐘
春秋晚
276.1

叔夷鐘
春秋晚
276.2

摹本
丁師卣
西周
5373・2

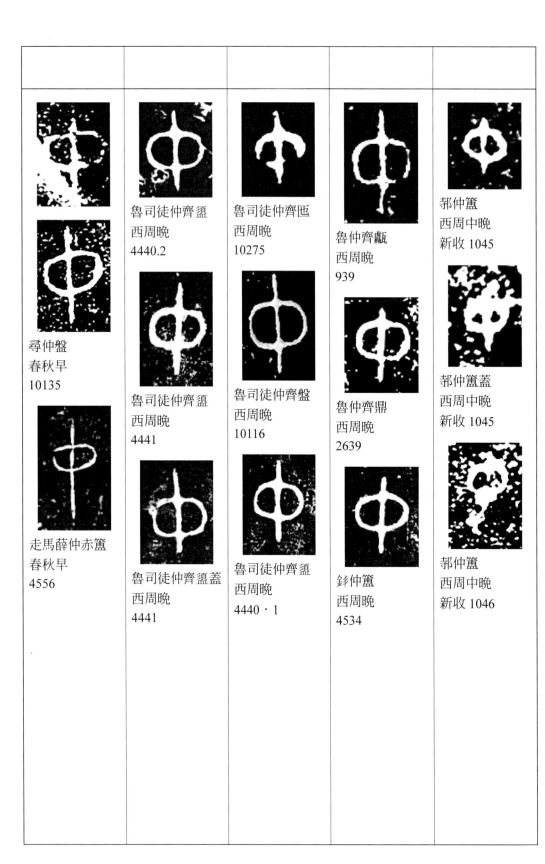

尋仲盤
春秋早
10135

走馬薛仲赤簠
春秋早
4556

魯司徒仲齊盨
西周晚
4440.2

魯司徒仲齊盨
西周晚
4441

魯司徒仲齊盨蓋
西周晚
4441

魯司徒仲齊匜
西周晚
10275

魯司徒仲齊盤
西周晚
10116

魯司徒仲齊盨
西周晚
4440・1

魯仲齊甗
西周晚
939

魯仲齊鼎
西周晚
2639

鈴仲簠
西周晚
4534

郱仲簠
西周中晚
新收 1045

郱仲簠蓋
西周中晚
新收 1045

郱仲簠
西周中晚
新收 1046

| | | | | |
|---|---|---|---|---|
| 莒平鐘<br>春秋晚<br>172 | 薛子仲安簠<br>春秋晚<br>4546.2 | 陳大喪史仲高鐘<br>春秋中<br>355.1 | 陳大喪史仲高鐘<br>春秋中<br>353.1 | 尋仲匜<br>春秋早<br>10266 |
| 莒平鐘<br>春秋晚<br>173 | 薛子仲安簠<br>春秋晚<br>4547 | 國子中官鼎<br>春秋晚<br>1935 | | 滕侯盨<br>春秋早<br>遺珍 99 頁 |
| | | 國子中官鼎<br>春秋晚<br>1935 | | |

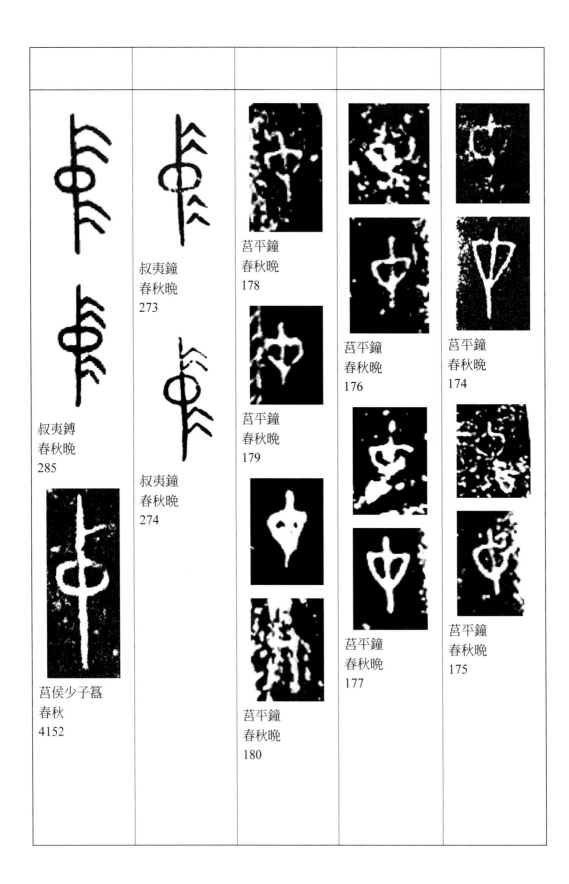

叔夷鎛
春秋晚
285

莒侯少子簋
春秋
4152

叔夷鐘
春秋晚
273

叔夷鐘
春秋晚
274

莒平鐘
春秋晚
178

莒平鐘
春秋晚
179

莒平鐘
春秋晚
180

莒平鐘
春秋晚
176

莒平鐘
春秋晚
177

莒平鐘
春秋晚
174

莒平鐘
春秋晚
175

## 每 028　　屯 027

| 每 | | | 屯 | |
|---|---|---|---|---|
| 杞伯每亡鼎<br>西周晚或春秋早<br>2642 | 杞伯每亡鼎<br>西周晚或春秋早<br>2494.1 | 叔夷鎛<br>春秋晚<br>285<br>（「純」重見） | 不嬰簋<br>西周晚<br>4328 | 子禾子釜<br>戰國中<br>10374 |
| 杞伯每亡鼎<br>春秋早<br>3879 | 杞伯每亡鼎<br>西周晚或春秋早<br>2494.2 | | 叔夷鐘<br>春秋晚<br>274 | 梁白可忌豆<br>戰國<br>近出 543 |
| 杞伯每亡簋<br>春秋早<br>3897 | 杞伯每亡鼎<br>西周晚或春秋早<br>2495 | | 叔夷鐘<br>春秋晚<br>277 | |
| 杞伯每亡簋蓋<br>春秋早<br>3898 | | | | |

## 薛 031　　莒 030　　蓼 029

|  |  |  | | |
|---|---|---|---|---|
| 薛子仲安簠蓋<br>春秋晚<br>4546.1 | 廿四年莒陽斧<br>戰國晚<br>近出 1244 | 嬰士父鬲<br>西周晚<br>715 | 杞伯每亡簋<br>春秋早<br>3901 | 杞伯每亡簋<br>春秋早<br>3898 |
| 走馬薛仲赤簠<br>春秋早<br>4556 | | 嬰士父鬲<br>西周晚<br>716 | 杞伯每亡盆<br>春秋早<br>10334 | 杞伯每亡簋蓋<br>春秋早<br>3899.1 |
| 薛侯盤<br>西周晚<br>10133 | | | 杞伯每亡匜<br>春秋早<br>10255 | 杞伯每亡簋<br>春秋早<br>3899.2 |
| 薛侯行壺<br>春秋早<br>近出 951 | | | 杞伯每亡壺<br>春秋早<br>9688 | 杞伯每亡簋蓋<br>春秋早<br>3900 |

若 034　　蔡 033　　茲 032

| | 若 | 蔡 | 茲 | |
|---|---|---|---|---|
| 上曾太子鼎<br>春秋早<br>2750 | 叔卣內底<br>西周早<br>新出金文與西周歷史 9 頁圖二.4 | 蔡姞簋<br>西周晚<br>4198 | （董珊摹本）<br>叔卣蓋<br>西周早<br>古研 29 輯 311 頁<br>圖四 | 薛子仲安簠<br>春秋晚<br>4546.2 |
| 莒大史申鼎<br>春秋晚<br>2732 | 叔尊<br>西周早<br>新出金文與西周歷史 8 頁圖二.1 | | | 薛子仲安簠<br>春秋晚<br>4547 |
| 叔夷鐘<br>春秋晚<br>275 | 引簋<br>西周中晚<br>海岱 37.6 | | | 薛子仲安簠<br>春秋晚<br>4548 |
| 叔夷鐘<br>春秋晚<br>277 | | | | |

| 旁 037 | 蒙 036 | 斯 035 | |
|---|---|---|---|
| 旁 | 蒙 | 斯 | |

旁字形

仲姜敦
戰國
山東成 437

蒙字形
蒙戈
戰國
近出 1086

斯字形
不嬰簋
西周晚
4328

叔夷鐘
春秋晚
283

叔夷鐘
春秋晚
284

叔夷鎛
春秋晚
285

山東出土金文編　卷二

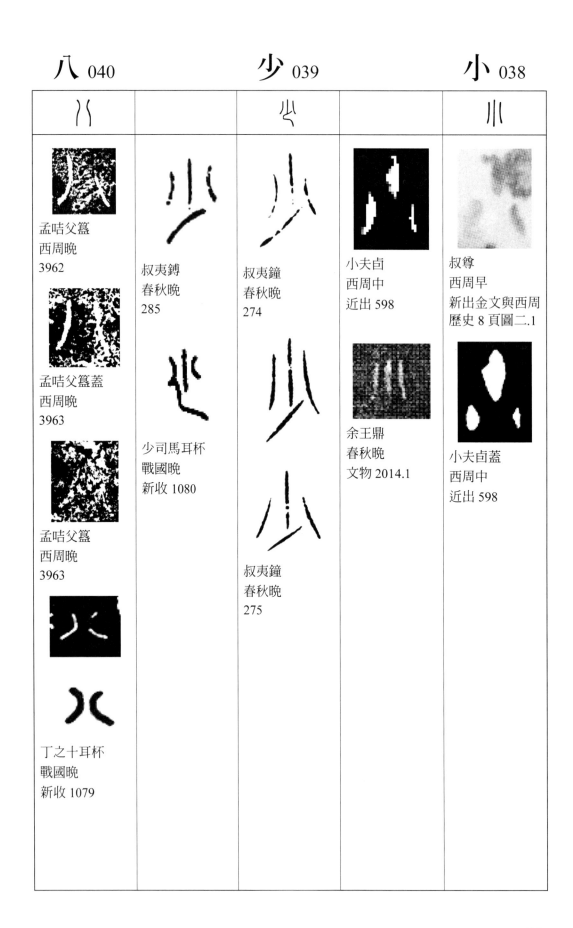

<table>
<tr><td colspan="2">八 040</td><td>少 039</td><td colspan="2">小 038</td></tr>
</table>

八 040　　　　少 039　　　　小 038

孟咭父簋
西周晚
3962

孟咭父簋蓋
西周晚
3963

孟咭父簋
西周晚
3963

丁之十耳杯
戰國晚
新收 1079

叔夷鎛
春秋晚
285

少司馬耳杯
戰國晚
新收 1080

叔夷鐘
春秋晚
274

叔夷鐘
春秋晚
275

小夫卣
西周中
近出 598

余王鼎
春秋晚
文物 2014.1

叔尊
西周早
新出金文與西周
歷史 8 頁圖二.1

小夫卣蓋
西周中
近出 598

## 公 043　　尚 042　　曾 041

| | | 公 | 尚 | 曾 |
|---|---|---|---|---|
| 舊鼎<br>西周早<br>國博館刊 2012.1 | 滕侯簋<br>西周早<br>3670<br><br>大史友甗<br>西周早<br>915<br><br>束作父辛卣<br>西周早<br>5333 | 鄧公盉<br>商晚<br>圖像集成 14684<br><br>吾作滕公鬲<br>西周早<br>565 | 濫盂<br>春秋<br>新浪網 | 曾爵<br>商晚<br>滕州墓 256 頁<br><br>曾觚<br>商晚<br>海岱 169.1<br><br>上曾太子鼎<br>春秋早<br>2750 |

| | | | | |
|---|---|---|---|---|
| <br>魯伯愈盨蓋<br>春秋早<br>4458 | <br>引簋<br>西周中晚<br>海岱 37.6 | <br>芮公叔簋蓋<br>西周早或中<br>近出 446 | <br>叔尊<br>西周早<br>新出金文與西周<br>歷史 8 頁圖二.1 | <br>爵簋<br>西周早<br>國博館刊 2012.1 |
| <br>魯伯愈盨<br>春秋早<br>4458 | <br>益公鐘<br>西周晚<br>16 | <br>芮公叔簋<br>西周早或中<br>近出 446 |   | <br>束作父辛卣蓋<br>西周早<br>5333 |
| 曹伯狄簋<br>春秋早<br>4019 | <br>不嬰簋<br>西周晚<br>4328 | <br>豐卣<br>西周中<br>考古 2010.8 | <br>旅鼎<br>西周早<br>2728 | <br>叔卣<br>西周早<br>新出金文與西周<br>歷史 9 頁圖二.4 |
| | | <br>豐觥<br>西周中<br>中新網 2010.1.<br>14 | | |

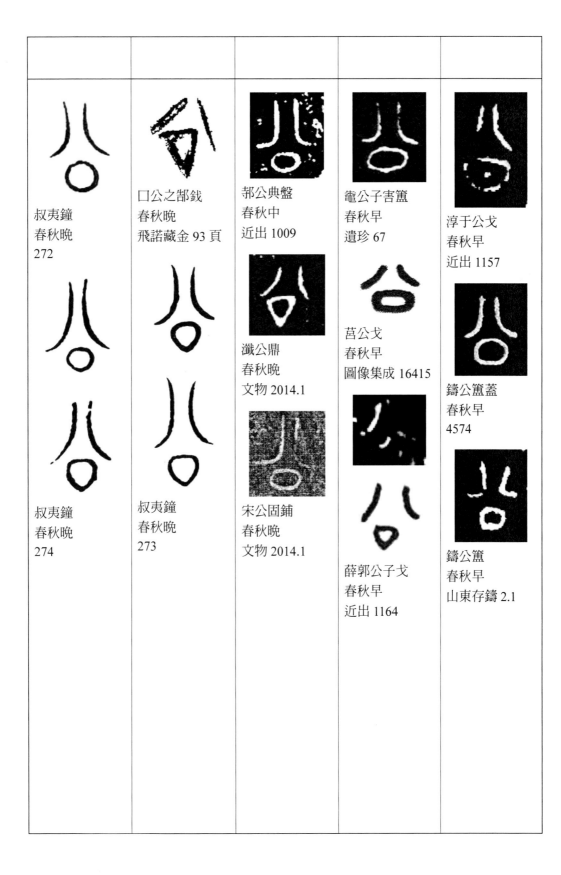

叔夷鐘
春秋晚
272

叔夷鐘
春秋晚
274

口公之郜鈛
春秋晚
飛諾藏金 93 頁

叔夷鐘
春秋晚
273

郘公典盤
春秋中
近出 1009

瀺公鼎
春秋晚
文物 2014.1

宋公固鋪
春秋晚
文物 2014.1

黿公子害簠
春秋早
遺珍 67

莒公戈
春秋早
圖像集成 16415

薛郭公子戈
春秋早
近出 1164

淳于公戈
春秋早
近出 1157

鑄公簠蓋
春秋早
4574

鑄公簠
春秋早
山東存鑄 2.1

| | | | | |
|---|---|---|---|---|
| <br>公子土斧壺<br>春秋晚<br>9709<br><br><br>宋公差戈<br>春秋晚<br>11289<br><br><br>宋公圝鼎<br>春秋晚<br>文物 2014.1 | <br>叔夷鎛<br>春秋晚<br>285 | | <br>叔夷鐘<br>春秋晚<br>280<br><br>叔夷鐘<br>春秋晚<br>282 | <br>叔夷鐘<br>春秋晚<br>275 |

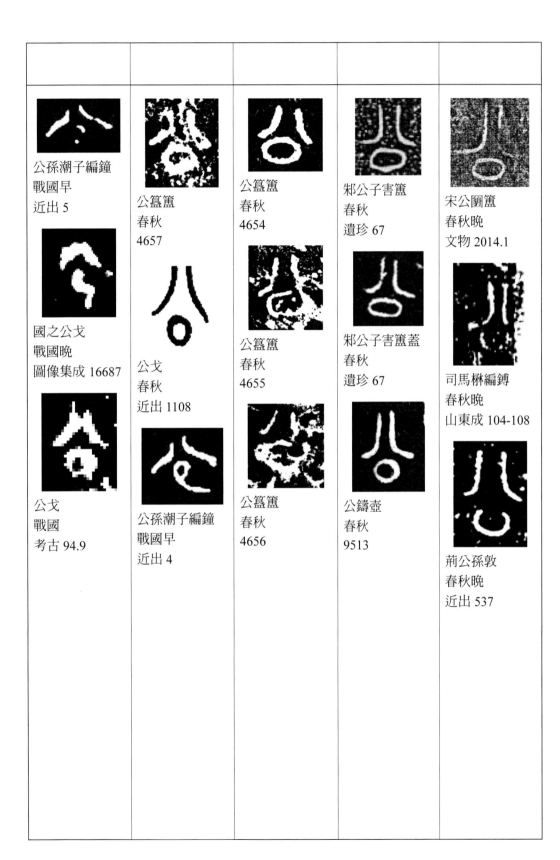

公孫潮子編鐘
戰國早
近出 5

國之公戈
戰國晚
圖像集成 16687

公戈
戰國
考古 94.9

公簋簋
春秋
4657

公戈
春秋
近出 1108

公孫潮子編鐘
戰國早
近出 4

公簋簋
春秋
4654

公簋簋
春秋
4655

公簋簋
春秋
4656

邾公子害簋
春秋
遺珍 67

邾公子害簋蓋
春秋
遺珍 67

公鑄壺
春秋
9513

宋公䤷簋
春秋晚
文物 2014.1

司馬楙編鎛
春秋晚
山東成 104-108

荊公孫敦
春秋晚
近出 537

余 044

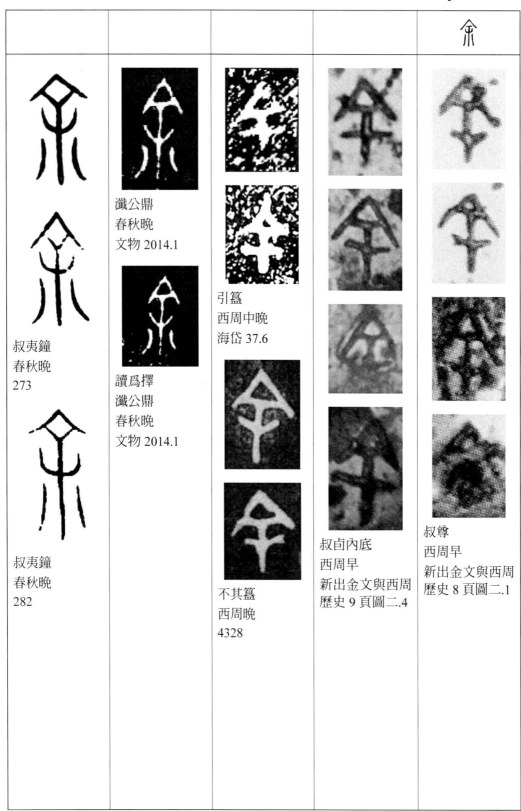

叔夷鐘
春秋晚
273

叔夷鐘
春秋晚
282

㦡公鼎
春秋晚
文物 2014.1

讀爲擇
㦡公鼎
春秋晚
文物 2014.1

引簋
西周中晚
海岱 37.6

不其簋
西周晚
4328

叔卣內底
西周早
新出金文與西周
歷史 9 頁圖二.4

叔尊
西周早
新出金文與西周
歷史 8 頁圖二.1

叔夷鐘
春秋晚
281

叔夷鐘
春秋晚
275

叔夷鐘
春秋晚
274

叔夷鐘
春秋晚
272

# 犀 045

| 犀 | | | | |
|---|---|---|---|---|
| 子禾子釜<br>戰國中<br>10374 | 不降戈<br>戰國<br>11286 | 叔夷鎛<br>春秋晚<br>285 | | |

| 君 050 | 吾 049 | 名 048 | 告 047 | 犠 046 |
|---|---|---|---|---|
| 君 | 吾 | 名 | 告 | |
| 叔尊<br>西周早<br>新出金文與西周<br>歷史 8 頁圖二.1 | 吾作滕公鬲<br>西周早<br>565 | 四十年左工耳杯<br>戰國晚<br>新收 1078 | 垣左戟<br>戰國<br>海岱 37.63 | 裙藋戟<br>戰國晚<br>近出 1131 |
| 叔卣內底<br>西周早<br>新出金文與西周<br>歷史 9 頁圖二.4 | | | 陳子皮戈<br>戰國<br>11126 | |
| （董珊摹本）<br>叔卣蓋<br>西周早<br>古研 29 輯 311<br>頁圖四 | | | | |

# 命 051

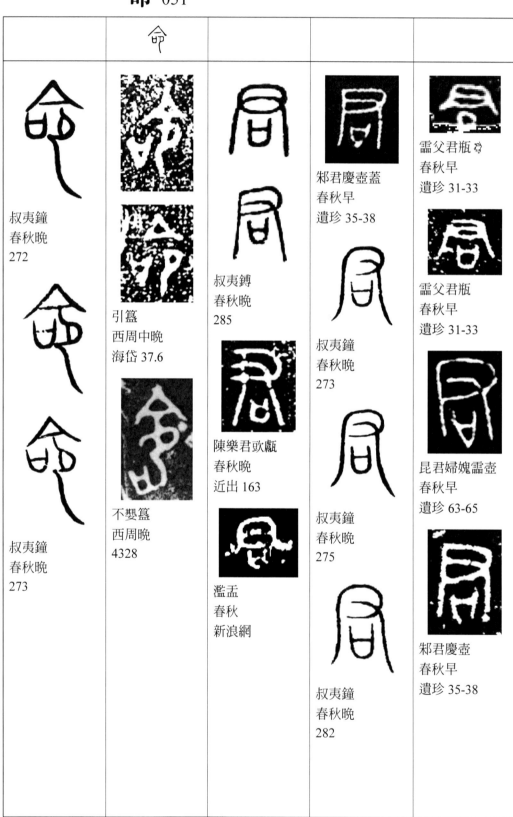

叔夷鐘
春秋晚
272

叔夷鐘
春秋晚
273

引簋
西周中晚
海岱 37.6

不嬰簋
西周晚
4328

叔夷鎛
春秋晚
285

陳樂君歔瓶
春秋晚
近出 163

濫盂
春秋
新浪網

郑君慶壺蓋
春秋早
遺珍 35-38

叔夷鐘
春秋晚
273

叔夷鐘
春秋晚
275

叔夷鐘
春秋晚
282

霝父君瓶
春秋早
遺珍 31-33

霝父君瓶
春秋早
遺珍 31-33

昆君婦媿霝壺
春秋早
遺珍 63-65

郑君慶壺
春秋早
遺珍 35-38

| | | | | |
|---|---|---|---|---|
| 叔夷鎛<br>春秋晚<br>285 | | 叔夷鐘<br>春秋晚<br>276 | 叔夷鐘<br>春秋晚<br>275 | 叔夷鐘<br>春秋晚<br>274 |

# 唯 053　　召 052

| 唯 | | 召 | | |
|---|---|---|---|---|
|   假「隹」爲「唯」。小臣俞犀尊 商晚 5990 |  伯憲盉 西周早 9430 |  大史友甗 西周早 915 |  司馬楙編鎛 戰國 山東成 104-108 |  陳純釜 戰國中 10371 |

辛嗇簋
西周早
新收 1148

郜召簋蓋
西周晚或春秋早
近出 526

郜召簋
西周晚或春秋早
近出 526

憲鼎
西周早
2749

伯憲盉蓋
西周早
9430

司馬楙編鎛
戰國
山東成 105

子禾子釜
戰國中
10374

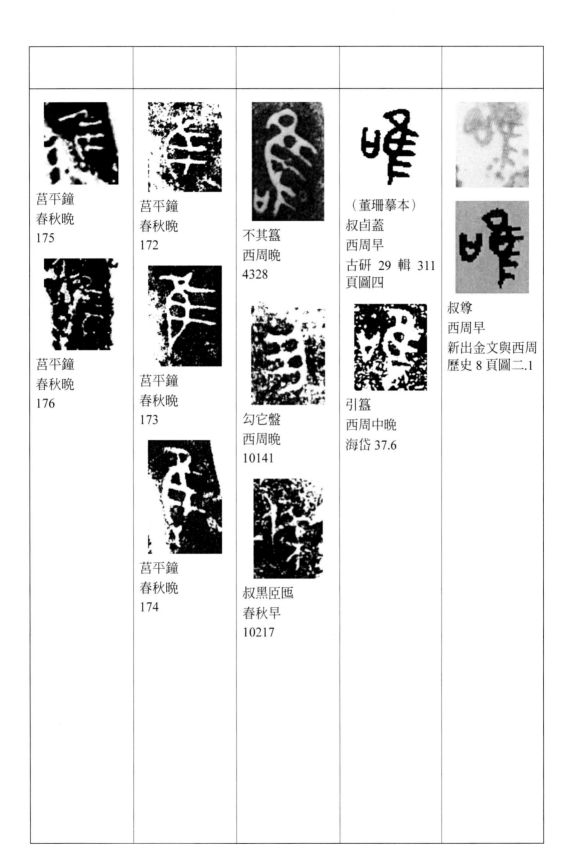

莒平鐘
春秋晚
175

莒平鐘
春秋晚
176

莒平鐘
春秋晚
172

莒平鐘
春秋晚
173

莒平鐘
春秋晚
174

不其簋
西周晚
4328

勾它盤
西周晚
10141

叔黑臣匜
春秋早
10217

（董珊摹本）
叔卣蓋
西周早
古研 29 輯 311
頁圖四

引簋
西周中晚
海岱 37.6

叔尊
西周早
新出金文與西周
歷史 8 頁圖二.1

# 台 054

| 昌 | | | | |
|---|---|---|---|---|
| <br>工盧王劍<br>春秋晚<br>11665 | <br>司馬枡編鎛<br>春秋晚<br>山東成<br>104-108 | <br>黃太子伯克盆<br>春秋<br>10338 | <br>叔夷鐘<br>春秋晚<br>275 | |
| <br>莒平鐘<br>春秋晚<br>174 | <br>梁白可忌豆<br>戰國<br>近出 543 | <br>夆叔匜<br>春秋<br>10282 | <br>叔夷鎛<br>春秋晚<br>285 | |
| <br>莒大叔壺<br>春秋晚<br>近出二 876 | | <br>邳伯缶<br>戰國早<br>10006 | <br>余王鼎<br>春秋晚<br>文物 2014.1 | |

# 吉 056　咸 055

| 吉 | 咸 | | | |
|---|---|---|---|---|
| 不嬰簋<br>西周晚<br>4328 | 叔夷鎛<br>春秋晚<br>275 | 子禾子釜<br>戰國中<br>10374 | 叔夷鎛<br>春秋晚<br>285 | 叔夷鐘<br>春秋晚<br>274 |
| 羍叔盤<br>春秋早<br>10163 | 叔夷鎛<br>春秋晚<br>285 | 虖台丘子伬戈<br>戰國晚<br>圖像集成 17063 | | 叔夷鐘<br>春秋晚<br>275 |

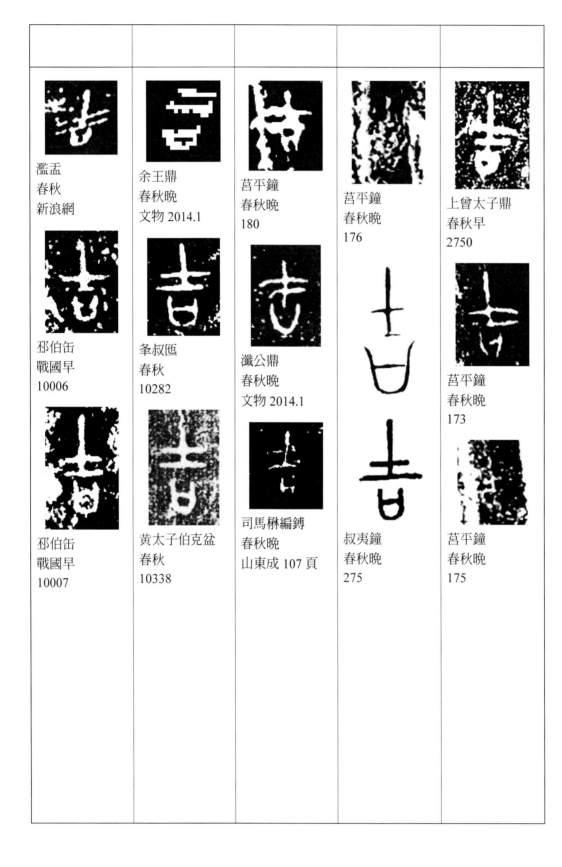

| 濫盂<br>春秋<br>新浪網 | 余王鼎<br>春秋晚<br>文物 2014.1 | 莒平鐘<br>春秋晚<br>180 | 莒平鐘<br>春秋晚<br>176 | 上曾太子鼎<br>春秋早<br>2750 |
|---|---|---|---|---|
| 邳伯缶<br>戰國早<br>10006 | 夆叔匜<br>春秋<br>10282 | 濺公鼎<br>春秋晚<br>文物 2014.1 | 叔夷鐘<br>春秋晚<br>275 | 莒平鐘<br>春秋晚<br>173 |
| 邳伯缶<br>戰國早<br>10007 | 黄太子伯克盆<br>春秋<br>10338 | 司馬楙編鎛<br>春秋晚<br>山東成 107 頁 | | 莒平鐘<br>春秋晚<br>175 |

| 各 061 | 斉 060 | 吁 059 | 唐 058 | 周 057 |
|---|---|---|---|---|
| 哥 | 畬 | 吓 | 商 | 周 |

| 各 061 | 斉 060 | 吁 059 | 唐 058 | 周 057 |
|---|---|---|---|---|
| 霣鬲<br>西周早<br>631 | 司馬楙編鎛<br>春秋晚<br>山東成 105 | 吁戈<br>春秋晚<br>11032 | 叔夷鐘<br>春秋晚<br>275 | 周捘匜<br>西周晚<br>10218 |
| 引簋<br>西周中晚<br>海岱 37.6 | 司馬楙編鎛<br>春秋晚<br>山東成 107 頁 | | 叔夷鎛<br>春秋晚<br>285 | |
| | | | 宋公䜌鼎<br>春秋晚<br>文物 2014.1 | |
| | | | 宋公䜌簠<br>春秋晚<br>文物 2014.1 | |

## 哏 064　　時 063　　哀 062

| | | | | |
|---|---|---|---|---|
|  |  |  |  |  |
| 莒平鐘<br>春秋晚<br>179 | 莒平鐘<br>春秋晚<br>175 | 莒平鐘<br>春秋晚<br>172 | 時伯鬲<br>西周晚<br>589 | 上曾太子鼎<br>春秋早<br>2750 |
|  |  |  |  |  |
| 莒平鐘<br>春秋晚<br>180 | 莒平鐘<br>春秋晚<br>177 | 莒平鐘<br>春秋晚<br>173 | 時伯鬲<br>西周晚<br>590 | 司馬楙編鎛<br>春秋晚<br>山東成<br>104-108 |
|  |  |  |  | |
| 宜脂鼎<br>春秋晚<br>文物 2014.1 | 莒平鐘<br>春秋晚<br>178 | 莒平鐘<br>春秋晚<br>174 | 時伯鬲<br>西周晚<br>591 | |
| | | |  | |
| | | | 少司馬耳杯<br>戰國晚<br>新收 1080 | |

| 舉 068 | | 喪 067 | 單 066 | 叕 065 |
|---|---|---|---|---|
| | | 喪 | 單 | 叕 |

| 舉 068 | | 喪 067 | 單 066 | 叕 065 |
|---|---|---|---|---|

叔夷鐘
春秋晚
277

陳大喪史仲高鐘
春秋中
354.1

辛舉簋
西周早
新收 1148

單簋
西周晚
近出 452

叔夷鐘
春秋晚
275

叔夷鎛
春秋晚
285

陳大喪史仲高鐘
春秋中
355.1

陳大喪史仲高鐘
春秋中
353.1

單簋
西周晚
近出二 407

叔夷鐘
春秋晚
280

叔夷鎛
春秋晚
285

## 止 072　　越 071　　趫 070　　　　走 069

| 止 | 越 | 趫 | | 走 |
|---|---|---|---|---|
| | | | | |
| 宅止癸爵<br>商晚<br>新收 1166 | 越口董戈<br>春秋晚<br>鳥蟲書圖 86<br>按：从邑 | 齊趫父鬲<br>春秋早<br>685 | 魯司徒仲齊盨<br>蓋<br>西周晚<br>4441.2 | 魯司徒仲齊盨<br>西周晚<br>4440・1 |
| | | | | |
| | | 齊趫父鬲<br>春秋早<br>686 | 魯司徒仲齊匜<br>西周晚<br>10275 | 魯司徒仲齊盨<br>西周晚<br>4440・2 |
| | | | | |
| | | | 走馬薛仲赤簠<br>春秋早<br>4556 | 魯司徒仲齊盨<br>蓋<br>西周晚<br>4441.1 |

| | | 歲 | 登 | 歸 |
|---|---|---|---|---|

歲 075　登 074　歸 073

| | | 歲 | 登 | 歸 |
|---|---|---|---|---|

陳純釜
戰國中
10371

司馬楙編鎛
戰國
山東成
104-108

墜昷戟
戰國
考古 1973.6

相公子矰戈
戰國
11285

公孫潮子編鐘
戰國早
近出 4

公孫潮子編鐘
戰國早
近出 6

公孫潮子編鐘
戰國早
近出 7

子禾子釜
戰國中
10374

余子氽鼎
春秋中
2390

筥平壺
春秋晚
新收 1088

甿右工戈
春秋晚
11259

公子土斧壺
春秋晚
9709

叔夷鐘
春秋晚
274

叔夷鎛
春秋晚
285

不嬰簋
西周晚
4328

# 正 077　　　此 076

莒平鐘
春秋晚
174

莒平鐘
春秋晚
175

潕公鼎
春秋晚
文物 2014.1

夆叔盤
春秋早
10163

正叔止士敱俞簠
春秋早
遺珍 42-44

莒平鐘
春秋晚
173

小臣俞犀尊
商晚
5990

鳶鼎
西周早
國博館刊 2012.1

引簋
西周中晚
海岱 37.6

莒平鐘
春秋晚
175

莒平鐘
春秋晚
177

余王鼎
春秋晚
文物 2014.1

邾口伯鼎
春秋早
2640

邾口伯鼎
春秋早
2641

莒平鐘
春秋晚
173

莒平鐘
春秋晚
174

# 是 078

| 是 | | | | |
|---|---|---|---|---|
| <br>叔夷鎛<br>春秋晚<br>285<br><br><br>叔夷鎛<br>春秋晚<br>285<br><br><br>覓右工戈<br>春秋晚<br>11259<br><br><br>濫盂<br>春秋<br>新浪網 | <br>郘公典盤<br>春秋中<br>近出 1009<br><br><br>賈孫叔子屖盤<br>春秋晚<br>通鑒 14516<br><br><br><br><br>叔夷鐘<br>春秋晚<br>275 | <br>邳伯缶<br>戰國早<br>10006<br><br><br>邳伯缶<br>戰國早<br>10007<br><br><br>梁白可忌豆<br>戰國<br>近出 543<br><br><br>司馬棥編鎛<br>戰國<br>山東成<br>104-108 | <br>叔夷鐘<br>春秋晚<br>274<br><br><br>濫盂<br>春秋<br>新浪網<br><br><br>夆叔匜<br>春秋<br>10282<br><br><br>黃太子伯克盆<br>春秋<br>10338 | <br>莒平鐘<br>春秋晚<br>176<br><br><br>莒平鐘<br>春秋晚<br>178<br><br><br>莒平鐘<br>春秋晚<br>180<br><br><br>余王鼎<br>春秋晚<br>文物 2014.1 |

辻080　　邁079

| | | | 辻 | 邁 |
|---|---|---|---|---|
|  |  |  |  |  |
| 魯大司徒厚氏元簠蓋<br>春秋早<br>4691.1 | 魯大司徒厚氏元簠<br>春秋早<br>4689 | 魯司徒仲齊盤<br>西周晚<br>10116 | 魯司徒仲齊匜<br>西周晚<br>10275 | 魯仲齊鼎<br>西周晚<br>2639 |
|  |  |  |  |  |
| 魯大司徒厚氏元簠蓋<br>春秋早<br>4691.2 | 魯大司徒厚氏元簠蓋<br>春秋早<br>4690.1 | 魯司徒仲齊盨蓋<br>西周晚<br>4441.1 | 魯司徒仲齊盨<br>西周晚<br>4440·1 | 昆君婦媿霝壺<br>春秋早<br>遺珍 63-65 |
|  |  |  |  | |
| 魯大司徒厚氏元盂<br>春秋早<br>10316 | 魯大司徒厚氏元簠<br>春秋早<br>4690.2 | 魯司徒仲齊盨蓋<br>西周晚<br>4441.2 | 魯司徒仲齊盨<br>西周晚<br>4440·2 | |

# 延081

|  | | | |
|---|---|---|---|

啓尊
西周早
5983

紀伯子寁父盨蓋
西周晚
4442.1

紀伯子寁父盨蓋
西周晚
4443.1

大保簋
西周早
4140

啓卣蓋
西周早
5410

啓卣
西周早
5410

徒戟
戰國晚
近出 1132

平阿左戟
戰國晚
新收 1030

平阿左戟
戰國
11158

叔夷鐘
春秋晚
285

武城戈
春秋晚
11024

左徒戈
春秋
10971

魯大左司徒元鼎
春秋中
2592

叔夷鐘
春秋晚
273

# 造 082

| | | | | |
|---|---|---|---|---|
| 　口造戈　西周　山東成 769 | 　莒大叔壺　春秋晚　近出二 876 | 　侯母壺　西周晚　9657 | 　紀伯子㢱父盨　西周晚　4444.2 | 　紀伯子㢱父盨　西周晚　4443・2 |
| 　郝造鼎　春秋早　2422 | | 　侯母壺蓋　西周晚　9657 | 　紀伯子㢱父盨　西周晚　4445.1 | 　紀伯子㢱父盨　西周晚　4444.1 |
| 　淳于左造戈　春秋早　近出 1130 | | 　紀伯子㢱父盨　西周晚　4445.2 | | |
| 　國楚戈　戰國早　新收 1086 | | | | |

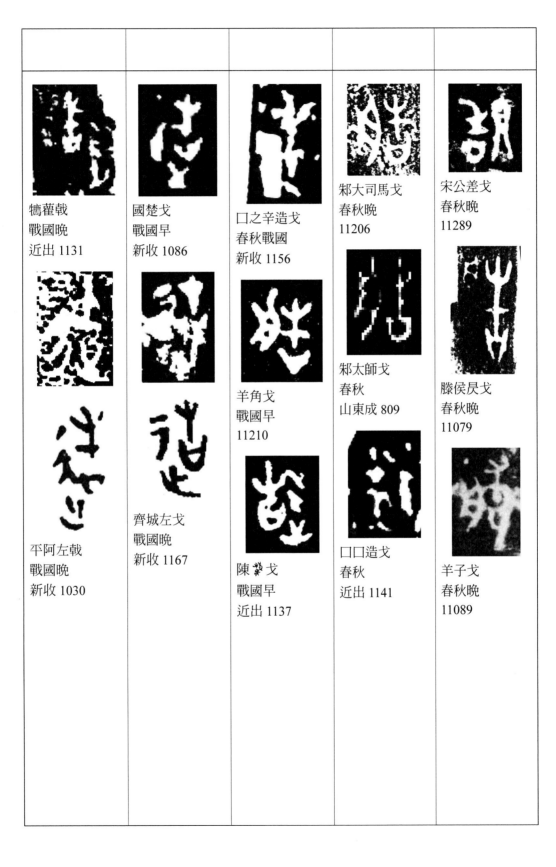

犢蘿戟
戰國晚
近出 1131

國楚戈
戰國早
新收 1086

口之辛造戈
春秋戰國
新收 1156

郑大司馬戈
春秋晚
11206

宋公差戈
春秋晚
11289

平阿左戟
戰國晚
新收 1030

齊城左戈
戰國晚
新收 1167

羊角戈
戰國早
11210

陳𤲬戈
戰國早
近出 1137

郑太師戈
春秋
山東成 809

口口造戈
春秋
近出 1141

滕侯昃戈
春秋晚
11079

羊子戈
春秋晚
11089

| 延085 | 迮084 | 還083 | | |
|---|---|---|---|---|
| 延 | 迮 | 還 | | |
| 公孫潮子編鐘<br>戰國早<br>近出 5 | 鄦大史申鼎<br>春秋晚<br>2732 | 叔夷鐘<br>春秋晚<br>274 | 茷戠戈<br>春秋<br>10962 | 平阿右戟<br>戰國晚<br>近出 1150 |
| 公孫潮子編鐘<br>戰國早<br>近出 6 | | 叔夷鎛<br>春秋晚<br>285 | 虖台丘子俟戈<br>戰國晚<br>圖像集成 17063 | 平阿左戟<br>戰國<br>11158 |
| | | | 簹造戈<br>戰國<br>山東成 860 | |

| 遷089 | 達 088 | 遣 087 | 還 086 | |
|---|---|---|---|---|
| | 達 | 遣 | 還 | |
| 叔夷鐘<br>春秋晚<br>277<br><br>叔夷鎛<br>春秋晚<br>285 | 叔尊<br>西周早<br>新出金文與西周<br>歷史 8 頁圖二.1<br><br>叔卣內底<br>西周早<br>新出金文與西周<br>歷史 9 頁圖二.4 | 遣叔鼎<br>西周中<br>2212 | 司馬楙編鎛<br>戰國<br>山東成 106 | 公孫潮子編鐘<br>戰國早<br>近出 9 |

追 092　　遂 091　　遺 090

| | | 䢔 | 遙 | 遺 |
|---|---|---|---|---|

| | | | | |
|---|---|---|---|---|
| 魯伯愈盨蓋<br>春秋早<br>4458 | 郜遺簋<br>春秋早<br>4040.2 | 引簋<br>西周中晚<br>海岱 37.6 | | 叔尊<br>西周早<br>新出金文與西周<br>歷史 8 頁圖二.1 |
| 郜遺簋<br>春秋<br>通鑒 5277 | 郜遺簋<br>春秋早<br>4040.1 | 不嬰簋<br>西周晚<br>4328 | 摹本<br>子禾子釜<br>戰國中<br>10374 | 叔卣內底<br>西周早<br>新出金文與西周<br>歷史 9 頁圖二.4 |
| | 魯伯愈盨<br>春秋早<br>4458 | | | |

| 遷097 | 迴096 | 蜪095 | 道 094 | 邊 093 |
|---|---|---|---|---|
| | | 蜪 | 邊 | |
| 叔夷鐘<br>春秋晚<br>275 | 啓卣<br>西周早<br>5410 | 叔夷鐘<br>春秋晚<br>273 | 竅鼎<br>西周中<br>2721 | 魯伯大父作仲<br>姬俞簋<br>春秋早<br>3987 |
| 叔夷鎛<br>春秋晚<br>285 | 啓卣蓋<br>西周早<br>5410 | 叔夷鐘<br>春秋晚<br>285 | | |

| 往 100 | | | 德 099 | 遇 098 |
|---|---|---|---|---|
| 徃 | | | 德 | |
| 　叔卣內底　西周早　新出金文與西周歷史 9 頁圖二.4 | 　永祿休德鈹　春秋晚　山東成 903 | 　叔夷鐘　春秋晚　272　　叔夷鐘　春秋晚　279　　叔夷鎛　春秋晚　285 | 　紀仲觶　西周中　6511.1　　紀仲觶　西周中　6511.2　　蔡姞簋　西周晚　4198 | 　寰盤　西周中　948 |

| 得 105 | 後 104 | 復 103 | 徐 102 | 彶 101 |
|---|---|---|---|---|
| 得 | 後 | 復 | 徐 | 彶 |
| 子禾子釜<br>戰國中<br>10374 | 後生戈<br>春秋<br>圖像集成 16535 | 子禾子釜<br>戰國中<br>10374 | 余子汆鼎<br>春秋中<br>2390<br><br>郐鐘矢<br>戰國<br>海岱<br>37.91 | 郜公典盤<br>春秋中<br>近出 1009 |

## 帶 108　　徇 107　　御 106

|  |  |  |  | 御 |
|---|---|---|---|---|
| 　遘方鼎　西周早　2157 | 　寢鼎　西周中　2721 | 　子禾子釜　戰國中　10374 | 　滕侯昊敦　春秋晚　4635 | 　引簋　西周中晚　海岱 37.6 |
| 　遘方鼎　西周早　2158 |  |  | <br/><br/>御戈　戰國早　11108 | 　不嬰簋　西周晚　4328 |
| 　遘方鼎　西周早　2159 |  |  |  | 　淳于公戈　春秋早　近出 1157 |

## 行 111　建 110　徍 109

| | | 行 | 建 | 徍 |
|---|---|---|---|---|
| | | | | |
| 薛侯行壺<br>春秋早<br>近出 951 | 紀伯子**㝢**父盨<br>蓋<br>西周晚<br>4445 | 紀伯子**㝢**父盨<br>蓋<br>西周晚<br>4442 | 建陽戈<br>戰國<br>10918 | 徍父庚爵<br>西周早<br>9058 |
| 齊侯子行匜<br>春秋早<br>10233 | 紀伯子**㝢**父盨<br>西周晚<br>4445 | 紀伯子**㝢**父盨<br>西周晚<br>4443 | | |
| | 侯母壺蓋<br>西周晚<br>9657 | 紀伯子**㝢**父盨<br>西周晚<br>4444 | | |
| | 侯母壺<br>西周晚<br>9657 | | | |
| 叔夷鐘<br>春秋晚<br>273 | | | | |

| 疋 115 | 距 114 | 顗 113 | 牙 112 | |
|---|---|---|---|---|
| 疋 | 距 | | 牙 | |
| 十年洱陽令戈<br>戰國<br>近出 1195 | 悍距末<br>戰國<br>11915 | 叔夷鐘<br>春秋晚<br>275 | 魯伯大父作仲<br>姬俞簠<br>春秋早<br>3987 | 叔夷鎛<br>春秋晚<br>285<br><br>工盧王劍<br>春秋晚<br>11665 |

| | | 冊 117 | | 龢 116 |
|---|---|---|---|---|
| | | 冊 | | 龢 |
| | 冊融方鼎<br>殷晚<br>近出 0222 | 冊父乙卣<br>商<br>4913・1 | 叔夷鐘<br>春秋晚<br>277 | 益公鐘<br>西周晚<br>16 |
| | 冊融鼎<br>殷晚<br>近出 0221 | 冊父乙卣<br>商<br>4913・2 | 叔夷鎛<br>春秋晚<br>285 | 上曾太子鼎<br>春秋早<br>2750 |
| | | 索冊父癸卣<br>商或西周早<br>近出 581 | | 叔夷鐘<br>春秋晚<br>272 |

山東出土金文編　卷三

| 十 122 | 古 121 | 句 120 | 商 119 | 干 118 |
|---|---|---|---|---|
| 十 | 古 | 句 | 商 | 干 |
| 小臣艅犀尊<br>商晚<br>5990 | 司馬棥編鎛<br>戰國<br>山東成 104 | 摹本<br>勾它盤<br>西周晚<br>10141 | 商丘叔簠<br>春秋早<br>新收 1071<br><br>悍距末<br>戰國<br>11915 | 干氏叔子盤<br>春秋早<br>10131<br><br>永世取庫干劍<br>戰國<br>新收 1500 |
| 旅鼎<br>西周早<br>2728 | | | | |
| 辛嚳簋<br>西周早<br>新收 1148 | | | | |
| 不嬰簋<br>西周晚<br>4328 | | | | |

千 123

| 🀆 | | | | |
|---|---|---|---|---|
| 良山戈<br>西周早<br>山東成 762 | 司馬桮編鎛<br>戰國<br>山東成<br>104-108 | 師紿銅泡<br>戰國晚<br>11862 | 公孫潮子編鐘<br>戰國早<br>近出 7 | 公孫潮子編鐘<br>戰國早<br>近出 4 |
| | 十年洱陽令戈<br>戰國<br>近出 1195 | 四十年左工耳杯<br>戰國晚<br>新收 1078 | 四十銀匜<br>戰國晚<br>海岱 37.103 | 竅鼎<br>西周中<br>2721 |
| | 十年鈹<br>戰國<br>11685 | | 丁之十耳杯<br>戰國晚<br>新收 1079 | 公孫潮子編鐘<br>戰國早<br>近出 5 |
| | | | 少司馬耳杯<br>戰國晚<br>新收 1080 | 公孫潮子編鐘<br>戰國早<br>近出 6 |

| 誨 128 | 諸 127 | 世 126 | 卅 125 | 廿 124 |
|---|---|---|---|---|
| 誨 | 諸 | 世 | 卅 | 廿 |

| 誨 128 | 諸 127 | 世 126 | 卅 125 | 廿 124 |
|---|---|---|---|---|
| 不其簋<br>西周晚<br>4328 | 郑召簠蓋<br>西周晚或春秋早<br>近出 526<br><br>郑召簠<br>西周晚或春秋早<br>近出 526 | 永世取庫干<br>戰國<br>新收 1500 | 摹本<br>或以爲「世」。<br>從辭例看，當讀<br>爲「卅」。<br>丁之十耳杯<br>戰國晚<br>新收 1079<br><br>卅二年戈<br>戰國晚<br>圖像集成 16579 | 廿四年莒陽斧<br>戰國晚<br>近出 1244 |

| 諅 133 | 諫 132 | 諱 131 | 謹 130 | 訊 129 |
|---|---|---|---|---|
| 甚諅鼎<br>西周中<br>2410 | 叔夷鐘<br>春秋晚<br>272 | 叔夷鐘<br>春秋晚<br>272 | 司馬楙編鎛<br>戰國<br>山東成 105 | 不嬰簋<br>西周晚<br>4328 |
| 莒平鐘<br>春秋<br>174 | 叔夷鐘<br>春秋晚<br>279 | 叔夷鐘<br>春秋晚<br>279 | | |
| 莒平鐘<br>春秋<br>175 | 叔夷鎛<br>春秋晚<br>285 | 叔夷鎛<br>春秋晚<br>285 | | |

譱 134

| | | | 譱 | |
|---|---|---|---|---|
| 莒平鐘<br>春秋晚<br>176 | 魯大左司徒元鼎<br>春秋中<br>2592 | 魯大司徒厚氏元<br>簠<br>春秋早<br>4690.2 | 畢仲弁簠<br>春秋早<br>遺珍 48 | 莒平鐘<br>春秋<br>177 |
| 莒平鐘<br>春秋晚<br>177 | 莒平鐘<br>春秋晚<br>174 | 魯大司徒厚氏元<br>簠蓋<br>春秋早<br>4691 | 魯大司徒厚氏元<br>簠蓋<br>春秋早<br>4690.1 | 莒平鐘<br>春秋<br>179 |
| 莒平鐘<br>春秋晚<br>178 | 莒平鐘<br>春秋晚<br>175 | 魯大司徒厚氏元<br>簠<br>春秋早<br>4691 | 魯大司徒厚氏元<br>簠<br>春秋早<br>4689 | |

## 對 137　　音 136　　諛 135

| 對 | 音 | 諛 | |
|---|---|---|---|
| 大保簋<br>西周早<br>4140<br><br>叔卣內底<br>西周早<br>新出金文與西周歷史 9 頁圖二.4 | 莒平鐘<br>春秋晚<br>178<br><br>莒平鐘<br>春秋晚<br>179<br><br>莒平鐘<br>春秋晚<br>180 | 莒平鐘<br>春秋晚<br>174<br><br>莒平鐘<br>春秋晚<br>175<br><br>莒平鐘<br>春秋晚<br>176<br><br>莒平鐘<br>春秋晚<br>177 | 口諛簋<br>西周晚<br>4533 | 莒平鐘<br>春秋晚<br>179<br><br>莒平鐘<br>春秋晚<br>180<br><br>荊公孫敦<br>春秋晚<br>近出 537 |

# 丞 139　　僕 138

| 丞 | 僕 | | | |
|---|---|---|---|---|
| 叔夷鐘<br>春秋晚<br>277 | 者僕故匜<br>西周晚<br>山東成 696 | 引簋<br>西周中晚<br>海岱 37.6 | 亞異矣卣<br>西周早<br>國博館刊 2012.1 | （董珊摹本）叔<br>卣蓋<br>西周早<br>古研 29 輯 311<br>頁圖四 |
| 叔夷鐘<br>春秋晚<br>285 | 叔夷鐘<br>春秋晚<br>275 | 叔夷鐘<br>春秋晚<br>273 | 亞異矣卣蓋<br>西周早<br>國博館刊 2012.1 | 鴦簋<br>西周早<br>國博館刊 2012.1 |
| 廿四年莒陽斧<br>戰國晚<br>近出 1244 | 叔夷鐘<br>春秋晚<br>285 | 叔夷鎛<br>春秋晚<br>285 | 窽鼎<br>西周中<br>2721 | |

| 龏 143 | 兵 142 | 戒 141 | | 罳 140 |
|---|---|---|---|---|

| 龏 | 兵 | | 戒 | 罳 |
|---|---|---|---|---|
| 引簋<br>西周中晚<br>海岱 37.6 | 引簋<br>西周中晚<br>海岱 37.6 | 叔夷鐘<br>春秋晚<br>275 | 辛嚚簋<br>西周早<br>新收 1148 | 上曾太子鼎<br>春秋早<br>2750 |
| 魯伯愈盨蓋<br>春秋早<br>4458 | 叔夷鐘<br>春秋晚<br>275 | 叔夷鎛<br>春秋晚<br>285 | 叔夷鐘<br>春秋晚<br>272 | 叔夷鎛<br>春秋晚<br>285 |
| 魯伯愈盨<br>春秋早<br>4458 | 叔夷鐘<br>春秋晚<br>285 | | 叔夷鐘<br>春秋晚<br>274 | 宋左大市鼎<br>戰國<br>山東成 213 |

# 具 144

| | | | | |
|---|---|---|---|---|
| 鴬簋<br>西周早<br>國博館刊 2012.1 | 叔夷鎛<br>春秋晚<br>285 | 莒平鐘<br>春秋晚<br>180 | 莒平鐘<br>春秋晚<br>175 | 莒平鐘<br>春秋晚<br>173 |
| （董珊摹本）<br>叔卣內底<br>西周早<br>新出金文與西周<br>歷史 9 頁圖二.4 | 陳貯簋<br>戰國早<br>4190 | 叔夷鐘<br>春秋晚<br>275 | 莒平鐘<br>春秋晚<br>178 | 莒平鐘<br>春秋晚<br>174 |
| | | | | 莒平鐘<br>春秋晚<br>177 |

| 虡 145 | 鼻 146 | 共 147 | 興 148 | 鞄 149 |
|---|---|---|---|---|
| | | 共 | 舁 | 鞄 |

| 虡 145 | 鼻 146 | 共 147 | 興 148 | 鞄 149 |
|---|---|---|---|---|
| 叔夷鐘<br>春秋晚<br>282 | 鼻爵<br>商晚<br>滕墓上 251 | 叔夷鐘<br>春秋晚<br>273 | 鴌簋<br>西周早<br>國博館刊 2012.1 | 齊鞄氏鐘<br>春秋晚<br>142 |
| 叔夷鎛<br>春秋晚<br>285 | | 叔夷鐘<br>春秋晚<br>275 | | 鞌子鼎<br>春秋晚<br>中國歷史文物<br>2009.2 |
| | | 叔夷鎛<br>春秋晚<br>285 | | |

# 鬲 150

| | | | | 鬲 |
|---|---|---|---|---|
| 倪慶鬲<br>春秋早<br>圖像集成 2866 | 魯伯愈父鬲<br>春秋早<br>695 | 魯伯愈父鬲<br>春秋早<br>691 | 嬰士父鬲<br>西周晚<br>716 | 娣姬鬲<br>西周晚<br>新收 1070 |
| 倪慶鬲<br>春秋早<br>圖像集成 2867 | 魯宰駟父鬲<br>春秋早<br>707 | 魯伯愈父鬲<br>春秋早<br>692 | 齊趫父鬲<br>春秋早<br>685 | 嬰士父鬲<br>西周晚<br>715 |
| 邾友父鬲<br>春秋早<br>圖像集成 2939 | 鑄子叔黑臣鬲<br>春秋早<br>735 | 魯伯愈父鬲<br>春秋早<br>693 | 齊趫父鬲<br>春秋早<br>686 | 時伯鬲<br>西周晚<br>590 |
| | 邾友父鬲<br>春秋早<br>遺珍 29-30 | 魯伯愈父鬲<br>春秋早<br>694 | 魯伯愈父鬲<br>春秋早<br>690 | 鼇伯鬲<br>西周晚<br>664 |

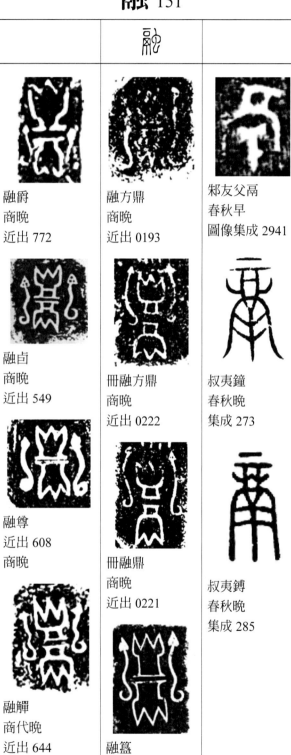

融 152

融 151

融

融 152

融瓠甲
商晚
近出 701

融瓠乙
商晚
近出 702

融罍
商晚
近出 0974

陳純釜
戰國中
10371

融爵
商晚
近出 772

融卣
商晚
近出 549

融尊
近出 608
商晚

融觶
商代晚
近出 644

融方鼎
商晚
近出 0193

冊融方鼎
商晚
近出 0222

冊融鼎
商晚
近出 0221

融簋
商晚
近出 375

郐友父鬲
春秋早
圖像集成 2941

叔夷鐘
春秋晚
集成 273

叔夷鎛
春秋晚
集成 285

為 155　　孚 154　　　　　　　龏 153

| 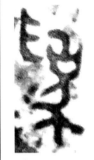 |  |  | 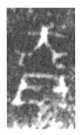 |  |

為

孚

叔卣
西周早
新出金文與
西周歷史 9
頁圖二.4

引簋
西周中晚
海岱 37.6

史龏卣
西周早
國博館刊 2012.1

龏鼎
西周早
國博館刊 2012.1

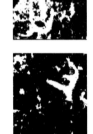

叔尊
西周早
新出金文與
西周歷史 8
頁圖二.1

史龏尊
西周早
國博館刊 2012.1

龏簋
西周早
國博館刊 2012.1

子禾子釜
戰國中
10374

史龏觶
西周早
國博館刊 2012.1

史龏卣蓋
西周早
國博館刊 2012.1

益公鐘
西周晚
16

龏爵
西周早
圖像集成 8550

執 156

| | | | | |
|---|---|---|---|---|
| | 執 | | | |
| 十年鈹<br>戰國<br>11685 | 叔夷鐘<br>春秋晚<br>集成 278 | 莒平鐘<br>春秋晚<br>172 | 嚣所歔盂<br>春秋晚<br>海岱 37.256 | 郜召簠<br>西周晚或春秋早<br>近出 526 |
| | 叔夷鐘<br>春秋晚<br>280 | 莒平鐘<br>春秋晚<br>176 | 叔夷鐘<br>春秋晚<br>273 | 郜召簠蓋<br>西周晚或春秋早<br>近出 526 |
| | 叔夷鎛<br>春秋晚<br>285 | | 叔夷鐘<br>春秋晚<br>285 | 畢仲弁簠<br>春秋早<br>遺珍 48 |
| | | | | 郜公典盤<br>春秋中<br>近出 1009 |

又 159　　飌 158　　婜 157

ヨ

| | | | | |
|---|---|---|---|---|
| <br>郙召簠蓋<br>西周晚或春秋早<br>近出 526 | <br>叔卣內底<br>西周早<br>新出金文與西周<br>歷史 9 頁圖二.4 | <br>小臣俞犀尊<br>商晚<br>5990 | <br>娣姬鬲<br>西周晚<br>新收 1070 | <br>叔夷鐘<br>春秋晚<br>273 |
| <br>郙召簠<br>西周晚或春秋早<br>近出 526 | <br>叔提梁套盒<br>西周早<br>新出金文與西周<br>歷史 15 頁 | <br>旅鼎<br>西周早<br>2728 | | |
| <br>郙公典盤<br>春秋中<br>近出 1009 | <br>嫩鼎<br>西周中<br>2721 | <br>辛醫簋<br>西周早<br>新收 1148 | | |
| | | <br>叔尊<br>西周早<br>新出金文與西周<br>歷史 | | |

# 右 160

| | | | | |
|---|---|---|---|---|
|  叔夷鐘 春秋晚 272 |  义右爵 商晚 近出 860 | | | |
|  叔夷鐘 春秋晚 274 |  右司工鉢 西周早 新收 1125 | | 叔夷鐘 春秋晚 283 | |
|  叔夷鐘 春秋晚 278 |  淳于右戈 春秋晚 圖像集成 16684 |  |  叔夷鐘 春秋晚 集成 274 | 叔夷鐘 春秋晚 275 |
|  叔夷鐘 春秋晚 279 |  覓右工戈 春秋晚 11259 | （誤爲「九」） 叔夷鎛 春秋晚 285 | | |

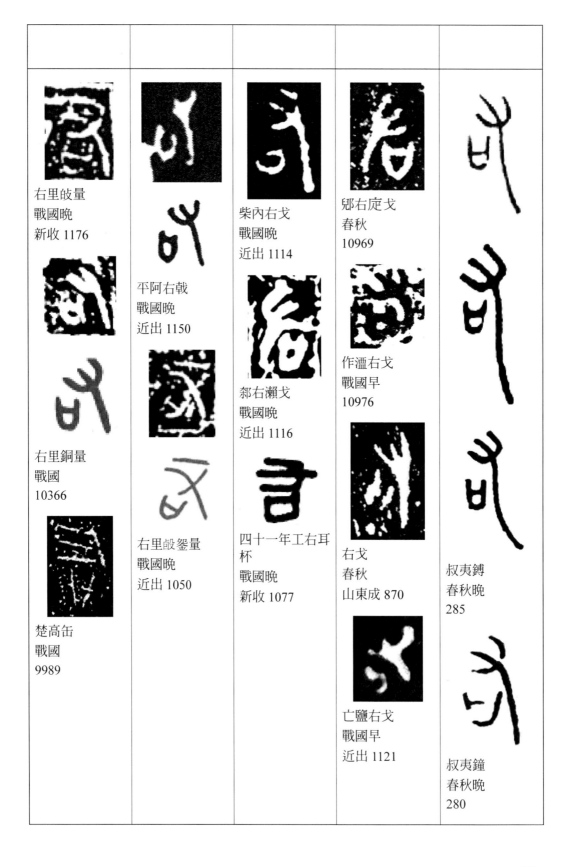

右里戡量
戰國晚
新收 1176

右里銅量
戰國
10366

楚高缶
戰國
9989

平阿右戟
戰國晚
近出 1150

右里戡銎量
戰國晚
近出 1050

柴內右戈
戰國晚
近出 1114

郊右瀨戈
戰國晚
近出 1116

四十一年工右耳
杯
戰國晚
新收 1077

郎右庭戈
春秋
10969

作瀘右戈
戰國早
10976

右戈
春秋
山東成 870

亡鹽右戈
戰國早
近出 1121

叔夷鎛
春秋晚
285

叔夷鐘
春秋晚
280

# 父 161

|  |  | 𠂤 |  |  |
|---|---|---|---|---|
| 冉父辛斝<br>商晚<br>9216 | 田父甲爵<br>商晚<br>8368 | 父癸觚<br>商中<br>桓臺文物 24 | 楚高缶<br>戰國<br>9990 | 右里銅量<br>戰國<br>10367 |
| 冉父辛斝<br>商晚<br>9217 | 冉父癸爵<br>商晚<br>8723 | 父辛爵<br>商晚<br>桓臺文物 24 | 郝右庭戈<br>戰國<br>10997 | |
| 父辛斝<br>商晚<br>9170 | 庚父丁爵<br>商晚<br>8915 | 父甲爵<br>商晚<br>7874 | | 宋左大市鼎<br>戰國<br>山東成 213 |
| 郭父癸觚<br>商晚<br>海岱 95.1 | 父辛爵<br>商晚<br>海岱 40.4 | 父丁爵<br>商晚<br>近出二 748 | 不降戈<br>戰國<br>11286 | |

雁父丁觚
商晚
滕墓 239 頁

舉父戊鼎
淄博市博物館
商晚

束父癸觚
商晚
海岱 95.1

父乙觶
商晚
近出二 618

田父甲罍
商晚
9785.2

父乙觶
商晚
6097

父戊觶
商晚
6115

父己爵
商晚
近出 812

爻父丁觶
商晚
6263

田父甲斝
商晚
9205.1

田父甲斝
商晚
9205.2

田父甲罍蓋
商晚
9785.1

田父甲卣
商晚
4903

爻父丁卣蓋
商晚
4948.1

爻父丁卣
商晚
4948.2

爦作父辛卣
商晚
5285

田父辛方鼎
商晚
1642

田父甲簋
商晚
3142

田父甲卣蓋
商晚
4903

父辛魚觶
商晚
海岱 35.1

| | | | | |
|---|---|---|---|---|
| <br>鳥簋<br>西周早<br>國博館刊 2012.1 | 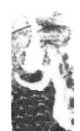<br>□徍父庚爵<br>西周早<br>9058 | <br>冊父乙卣<br>商<br>4913・2 | <br>犬父甲瓿<br>商<br>山東成 529.1 | <br>榮鬥父辛觶蓋<br>商晚<br>新收 1165 |
| <br>史鳥卣蓋<br>西周早<br>國博館刊 2012.1 | <br>乎子父乙爵<br>西周早<br>8863 | <br>剢冊父癸卣<br>商晚或西周早<br>近出 581 | <br>父丁觶<br>商<br>桓臺文物 30 | <br>榮鬥父辛觶<br>商晚<br>新收 1165 |
| <br>史鳥卣<br>西周早<br>國博館刊 2012.1 | <br>父癸爵<br>西周早<br>7976 | <br>剢父癸爵<br>商晚或西周早<br>近出 889 | <br>父庚爵<br>商<br>山東成 535 | 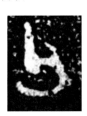<br>冀父戊鼎<br>商晚<br>海岱 49.1 |
| <br>史鳥尊<br>西周早<br>國博館刊 2012.1 | | <br>子鶲父丁簋<br>西周早<br>3322 | <br>爻父癸觶<br>商<br>山東成 505 | <br>奉盉<br>商晚<br>近出二 833 |

旅父己爵
西周早
新收 1066

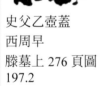

史父乙壺蓋
西周早
滕墓上 276 頁圖
197.2

史父乙角
西周早
滕墓上 262 頁圖
186

桼盉
西周早
滕墓上 303 頁圖
218

史父乙壺
西周早
滕墓上 276 頁圖
197.2

父乙卣
西周早
滕墓上 282 頁圖
201.2

史父乙尊
西周早
滕墓上 272 頁圖
194.1

棽父丁卣
西周早
滕墓上 292 頁圖
208

棽父丁角
西周早
滕墓上 266 頁圖
189.2

史父乙尊
西周早
滕墓上 273 頁圖
195

史父乙爵
西周早
滕墓上 261 頁圖
185.3

史父乙爵
西周早
滕墓上 261 頁圖
185.4

乎子父乙爵
西周早
8862

瓹鼎
西周早
2037

伯口卣
西周早
5393

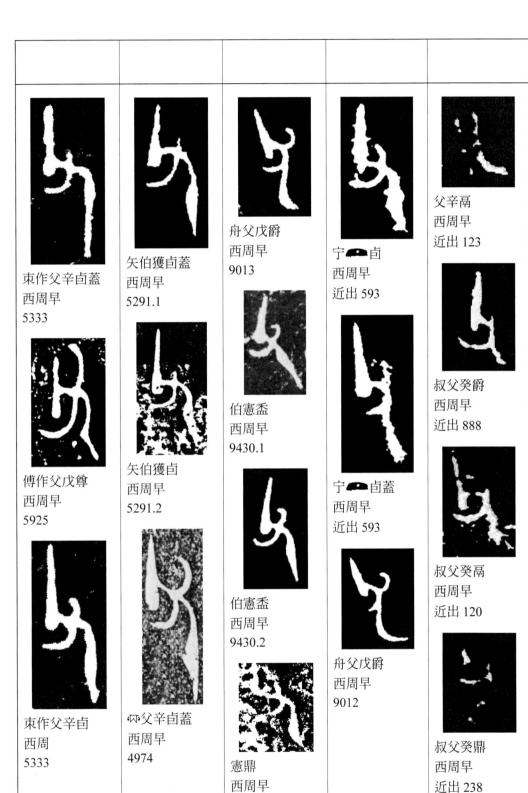

束作父辛卣蓋
西周早
5333

傅作父戊尊
西周早
5925

束作父辛卣
西周
5333

矢伯獲卣蓋
西周早
5291.1

矢伯獲卣
西周早
5291.2

父辛卣蓋
西周早
4974

舟父戊爵
西周早
9013

伯憲盉
西周早
9430.1

伯憲盉
西周早
9430.2

憲鼎
西周早
2749

宁　卣
西周早
近出 593

宁　卣蓋
西周早
近出 593

舟父戊爵
西周早
9012

父辛鬲
西周早
近出 123

叔父癸爵
西周早
近出 888

叔父癸鬲
西周早
近出 120

叔父癸鼎
西周早
近出 238

| | | | | |
|---|---|---|---|---|
| <br>孟姛父簋<br>西周晚<br>3960 | <br><br><br><br><br>竅鼎<br>西周中<br>2721 | <br>甚諆鼎<br>西周中<br>2410 | <br><br><br>竅甗<br>西周中<br>948 | <br>旅鼎<br>西周早<br>2728 |
| <br>孟姛父簋蓋<br>西周晚<br>3960 | | <br>乍父辛尊<br>西周中<br>近出 629 | <br>小夫卣<br>西周中<br>近出 598 | <br>父癸爵<br>西周早<br>圖像集成 7635 |
| 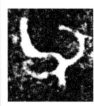<br>孟姛父簋蓋<br>西周晚<br>3961 | <br>魯司徒仲齊<br>匜<br>西周晚<br>10275 | <br>小夫卣<br>西周中<br>近出 598 | | 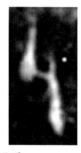<br>鴛爵<br>西周早<br>圖像集成 8550 |
| 侯母壺<br>西周晚<br>9657 | | | | |

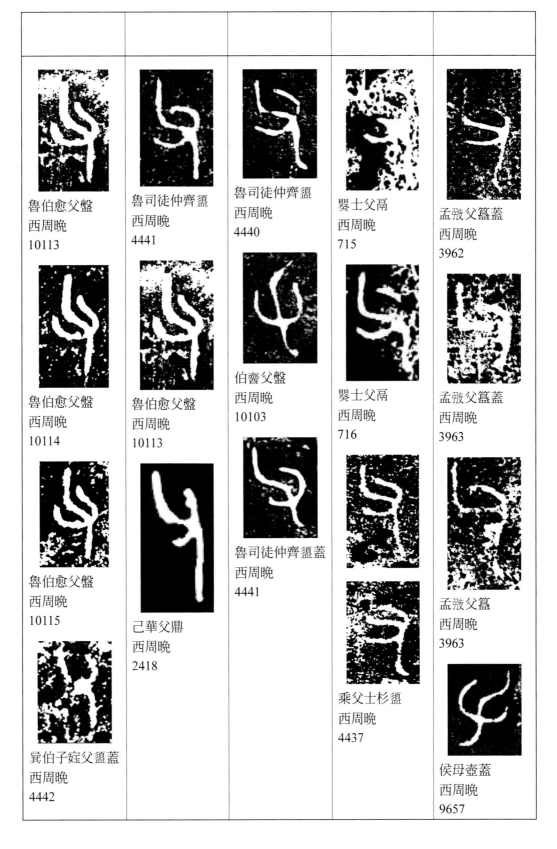

魯伯愈父盤
西周晚
10113

魯司徒仲齊盨
西周晚
4441

魯司徒仲齊盨
西周晚
4440

嬰士父鬲
西周晚
715

孟弢父簋蓋
西周晚
3962

魯伯愈父盤
西周晚
10114

魯伯愈父盤
西周晚
10113

伯鬴父盤
西周晚
10103

嬰士父鬲
西周晚
716

孟弢父簋蓋
西周晚
3963

魯伯愈父盤
西周晚
10115

己華父鼎
西周晚
2418

魯司徒仲齊盨蓋
西周晚
4441

乘父士杉盨
西周晚
4437

孟弢父簋
西周晚
3963

異伯子婡父盨蓋
西周晚
4442

侯母壺蓋
西周晚
9657

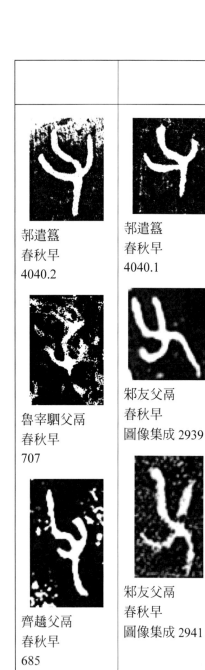

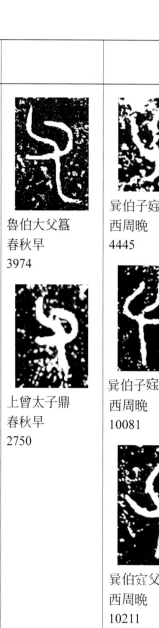

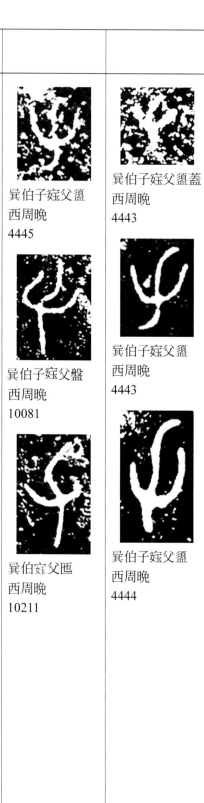

郜遣簋
春秋早
4040.2

郜遣簋
春秋早
4040.1

魯伯大父簋
春秋早
3974

戛伯子宩父盨
西周晚
4445

戛伯子宩父盨蓋
西周晚
4443

魯宰駟父鬲
春秋早
707

郳友父鬲
春秋早
圖像集成 2939

上曾太子鼎
春秋早
2750

戛伯子宩父盤
西周晚
10081

戛伯子宩父盨
西周晚
4443

齊趞父鬲
春秋早
685

郳友父鬲
春秋早
圖像集成 2941

戛伯宩父匜
西周晚
10211

戛伯子宩父盨
西周晚
4444

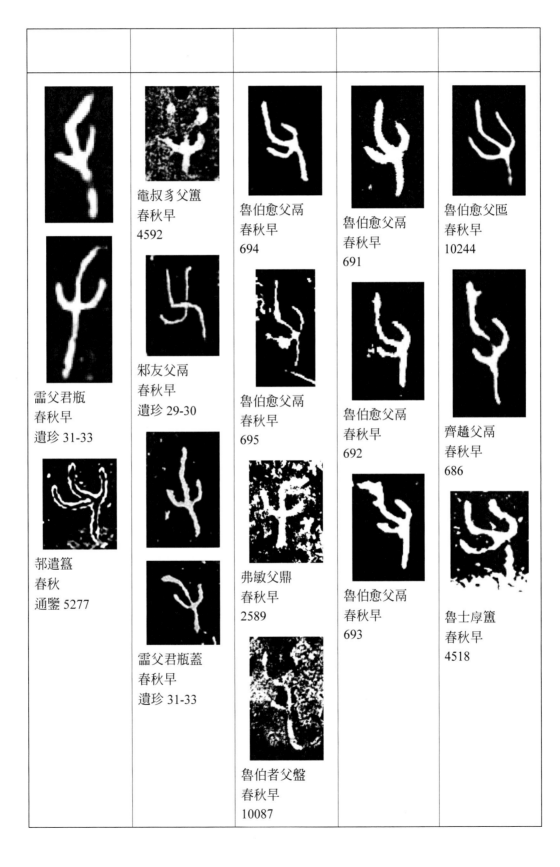

竃叔豸父簠
春秋早
4592

魯伯愈父鬲
春秋早
694

魯伯愈父鬲
春秋早
691

魯伯愈父匜
春秋早
10244

霝父君瓶
春秋早
遺珍 31-33

郳友父鬲
春秋早
遺珍 29-30

魯伯愈父鬲
春秋早
695

魯伯愈父鬲
春秋早
692

齊趫父鬲
春秋早
686

邿遣簋
春秋
通鑒 5277

霝父君瓶蓋
春秋早
遺珍 31-33

弗敏父鼎
春秋早
2589

魯伯愈父鬲
春秋早
693

魯士浮簠
春秋早
4518

魯伯者父盤
春秋早
10087

叡163　　　　　　　　　　尹 162

| 叡 | | 尹 |
|---|---|---|

叡婓觶
商晚
6187.1

叡婓鼎
商晚
1380

十年鈹
戰國
11685

楚高缶
戰國
9989

蔡姑簋
西周晚
4198

叡婓觶
商晚
6187.2

叡婓簋
商晚
3112

叡婓瓠
商晚
6918

叡婓豆
商晚
4652

楚高缶
戰國
9990

叡婓瓠
商晚
6919

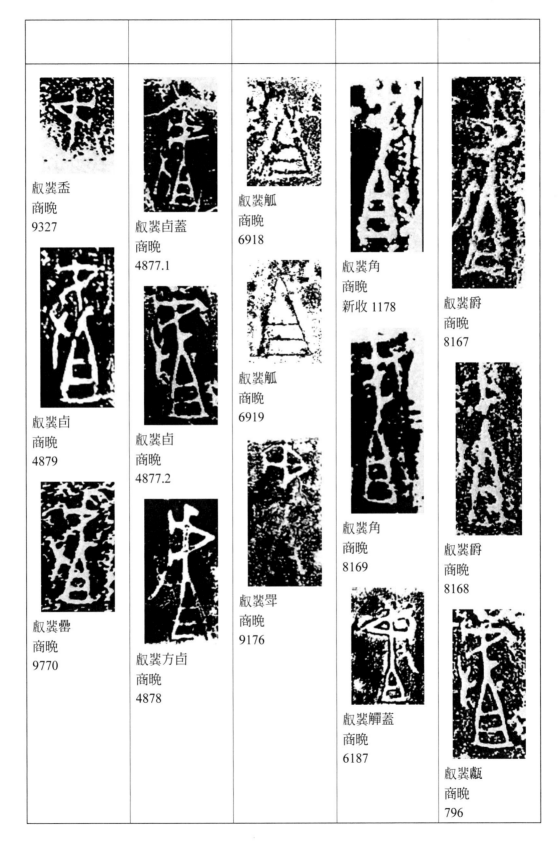

亞棘盉
商晚
9327

亞棘卣蓋
商晚
4877.1

亞棘觚
商晚
6918

亞棘角
商晚
新收 1178

亞棘爵
商晚
8167

亞棘卣
商晚
4879

亞棘卣
商晚
4877.2

亞棘觚
商晚
6919

亞棘角
商晚
8169

亞棘爵
商晚
8168

亞棘罍
商晚
9770

亞棘方卣
商晚
4878

亞棘斝
商晚
9176

亞棘觶蓋
商晚
6187

亞棘甗
商晚
796

反  165　　及  164

|  |  | | | |
|---|---|---|---|---|
| 　旅鼎　西周早　2728 | 　不嬰簋　西周晚　4328 | 　莒平鐘　春秋晚　174 | 　摹本　丁師卣　西周　5373・1 | 　莒尊　商　山東成 487 |
| 　大保簋　西周早　4140 | 　叔夷鐘　春秋晚　275 | 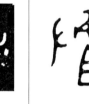　莒平鐘　春秋晚　175 | 　摹本　丁師卣　西周　5373・2 | 　舉虘（莒）圓鼎　商　山東成 111 |
| | 　叔夷鎛　春秋晚　285 | 　莒平鐘　春秋晚　176 | | 　戲裴甗　商代晚　796 |
| | | | | 　大保簋　西周早　4140 |

| 叚 168 | 取 167 | | | 叔 166 |
|---|---|---|---|---|
| 叚 | 取 | | | 叔 |
| <br>華孟子鼎<br>春秋<br>琅琊網 | <br>取子鉞<br>西周早<br>11757<br><br><br>永世取庫干劍<br>戰國<br>新收 1500 | <br>（x 光片）<br>叔提梁套盒西周早<br>新出金文與西周<br>歷史 15 頁 | <br><br>叔卣內底<br>西周早<br>新出金文與西周<br>歷史 9 頁圖二.4 | <br>叔尊<br>西周早<br>新出金文與西周<br>歷史 9 頁圖二.1 |

## 大 170　　　　友 169

| | | | | |
|---|---|---|---|---|
| | | F | 叟 | 叜 |

叔夷鐘
春秋晚
278

叔夷鐘
春秋晚
279

叔夷鐘
春秋晚
280

叔夷鐘
春秋晚
272

叔夷鎛
春秋晚
285

淳于左造戈
春秋早
近出 1130

魯大左司徒元鼎
春秋中
2592

叔夷鐘
春秋晚
274

平阿左戈
春秋晚
近出 1135

郳友父鬲
春秋早
遺珍 29-30

郳友父鬲
春秋早
圖像集成 2939

郳友父鬲
春秋早
圖像集成 2941

母丁觶
西周早
滕州墓上 297 頁

大史友甗
西周早
915

（董珊摹本）叔
卣蓋
西周早
古研 29 輯 311
頁圖四

# 卑 171

| | | | | |
|---|---|---|---|---|
| 叔夷鐘<br>春秋晚<br>284 | 摹本<br>齊城左戈<br>戰國晚<br>新收 1167 | 子禾子釜<br>戰國中<br>10374 | 陳純釜<br>戰國中<br>10371 | 左徒戈<br>春秋<br>10971 |
| 叔夷鐘<br>春秋晚<br>277 | 四十年左工耳杯<br>戰國晚<br>新收 1078 | 左關之鉶<br>戰國中<br>10368 | | 左戈<br>春秋<br>近出 1083 |
| 叔夷鐘<br>春秋晚<br>278 | 垣左戟<br>戰國<br>海岱 37.63 | 摹本<br>成戈<br>戰國中晚<br>國博館刊<br>2012.9 | | 左戈<br>春秋<br>近出 1084 |

# 史 172

| | | | | |
|---|---|---|---|---|
| | | |  | |
| <br>史鶱卣<br>西周早<br>國博館刊 2012.1<br><br>史鶱尊<br>西周早<br>國博館刊 2012.1<br><br>史鶱觶<br>西周早<br>國博館刊 2012.1 | <br>𡴕盉<br>商晚<br>近出二 833<br>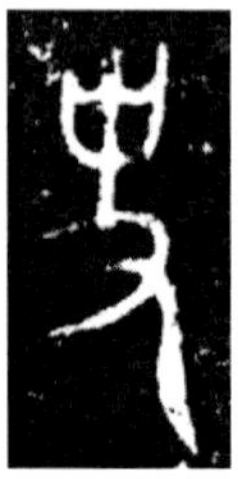<br>大史友甗<br>西周早<br>915<br><br>史鶱卣蓋<br>西周早<br>國博館刊 2012.1 | <br>史爵<br>商晚<br>滕墓上 251<br><br>史爵<br>商晚<br>滕墓上 251<br><br>史爵<br>商晚<br>滕墓上 253 | 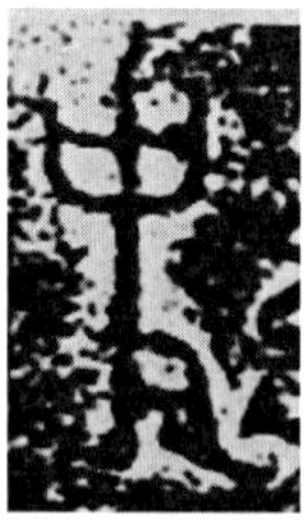<br>史母癸觚<br>商晚<br>近出 747<br><br>史爵<br>商晚<br>滕墓上 247<br><br>史爵<br>商晚<br>滕墓上 251 | <br><br>叔夷鎛<br>春秋晚<br>285 |

| | | | | |
|---|---|---|---|---|
| <br>史爵<br>西周早<br>滕墓上 257 頁 | <br>史鼎<br>西周早<br>滕墓上 211 頁圖<br>147 | <br>史方鼎<br>西周早<br>滕墓上 210 頁圖<br>146.2 | <br>史鼎<br>西周早<br>滕墓上 218 頁圖<br>152.3 | <br>鴌爵<br>西周早<br>圖像集成 8550 |
| <br>史爵<br>西周早<br>滕墓上 260 頁圖<br>184.4 | <br>史斝<br>西周早<br>滕墓上 225 頁圖<br>158.4 | <br>史鼎<br>西周早<br>滕墓上 213 頁圖<br>149.2 | <br>史方鼎<br>西周早<br>滕墓上 210 頁圖<br>146.2 | <br>史甗<br>西周早<br>滕墓上 228 頁 |
| <br>史爵<br>西周早<br>滕墓上 260 頁圖<br>184.2 | <br>史爵<br>西周早<br>滕墓上 257 頁圖<br>182.4 | <br>史爵<br>西周早<br>滕墓上 257 頁 | <br>史方鼎<br>西周早<br>滕墓上 210 頁圖<br>146.1 | <br>史鼎<br>西周早<br>滕墓上 218 頁 |

史盉
西周早
滕墓上 304 頁
圖 219.1

史壺
西周早
滕墓上 276 頁
圖 197.4

史角
西周早
滕墓 263 圖
187.1

史觶蓋
西周早
滕墓上 296 頁
圖 211.1

史爵
西周早
滕墓上 260 頁
圖 184.1

史觶
西周早
滕墓上 293 頁
圖 209.1

史罍
西周早
滕墓上 276 頁
圖 199

史盤
西周早
滕墓上 305 頁
圖 220

史觶
西周早
滕墓上 296 頁
圖 211.1

史爵
西周早
滕墓上 263 頁
圖 187.1

史卣蓋
西周早
滕墓上 286 頁
圖 203

史盉蓋
西周早
滕墓上 304 頁
圖 219.1

史壺蓋
西周早
滕墓上 276 頁
圖 197.4

史爵
西周早
滕墓上 261 頁
圖 185.2

史角
西周早
滕墓 265
圖 188.1

史觚
西周早
滕州墓上 232 頁
圖 164.2

史簋
西周早
滕墓上 219 頁圖
153.2

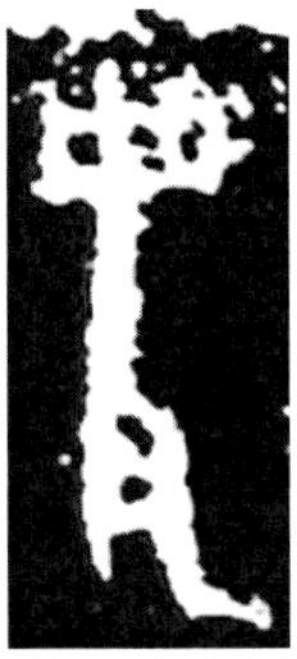

史父乙壺蓋
西周早
滕墓上 276 頁圖
197.2

史爵
西周早
新收 1114

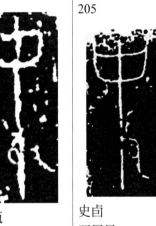

史卣蓋
西周早
滕墓上 288 頁圖
205

史鼎
西周早
滕州墓上 214 頁
圖 150.2

史父乙壺
西周早
滕墓上 276 頁圖
197.2

史甗
西周早
滕墓上 227 頁圖
160.2

史卣
西周早
滕墓上 289 頁圖
206

史鼎
西周早
滕州墓上 216 頁
圖 151.1

史觚
西周早
滕州墓上 230 頁
圖 162.1

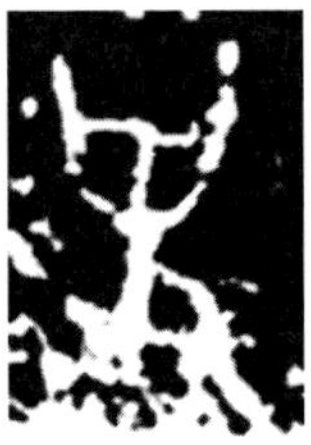

奉盉
西周早
滕墓上 303 頁圖
218

史父乙角
西周早
滕墓上 262 頁圖
186

史觚
西周早
滕墓上 244 頁圖
173.1

史觚
西周早
滕州墓上 232 頁
圖 164.1

史嫈爵
西周早
滕州墓上 256 頁
圖 181.2

史甗
西周早
滕墓上 228 頁圖
161.1

宋婦彝觚
西周早
滕墓上 232 頁圖
164.3

史午觚
西周早
滕州墓上 242 頁
圖 171

史戈
西周早
滕州墓上 317 頁
圖 228.4

史乙觶
西周早
滕州墓上 298 頁
圖 213.9

史觶
西周早
滕州墓上 298-
300 頁圖 213.8

史戈
西周早
滕州墓上 314 頁
圖 226.4

史觚
西周早
滕州墓上 235 頁
圖 166.2

史卣
西周早
滕州墓上 282 頁
圖 201.1

史卣
西周早
滕州墓上 280 頁
圖 200

史鬲
西周早
滕州墓上 226 頁
圖 159.1

史爵
西周早
滕州墓上 251 頁
圖 178.3

史爵
西周早
滕州墓上 251 頁
圖 178.4

| | | | | |
|---|---|---|---|---|
| 遇甗<br>西周中<br>948 | 史父乙爵<br>西周早<br>滕墓上 261 頁圖<br>185.3 | 史父乙尊<br>西周早<br>滕墓上 272 頁圖<br>194.1 | 史爵<br>西周早<br>滕墓上 257 頁圖<br>182.2 | 史子角<br>西周早<br>滕墓上 266 頁圖<br>189.1 |
| 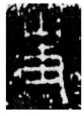史鼻簋<br>西周<br>山東成 377 | 史卣<br>西周早<br>滕墓上 287 頁圖<br>204 | 史父乙尊<br>西周早<br>滕墓上 273 頁圖<br>195 | 史爵<br>西周早<br>滕墓上 257 頁圖<br>182.3 | 史子角<br>西周早<br>滕墓上 266 頁圖<br>187.2 |
| 史鼻簋<br>西周<br>山東成 377 | 史卣<br>西周早<br>滕墓上 287 頁圖<br>204 | 史父乙爵<br>西周早<br>滕墓上 261 頁圖<br>185.4 | 史方鼎<br>西周早<br>滕墓上 210 頁圖<br>146.3 | 史子壺<br>西周早<br>滕墓上 276 頁圖<br>197.1 |

# 事 173

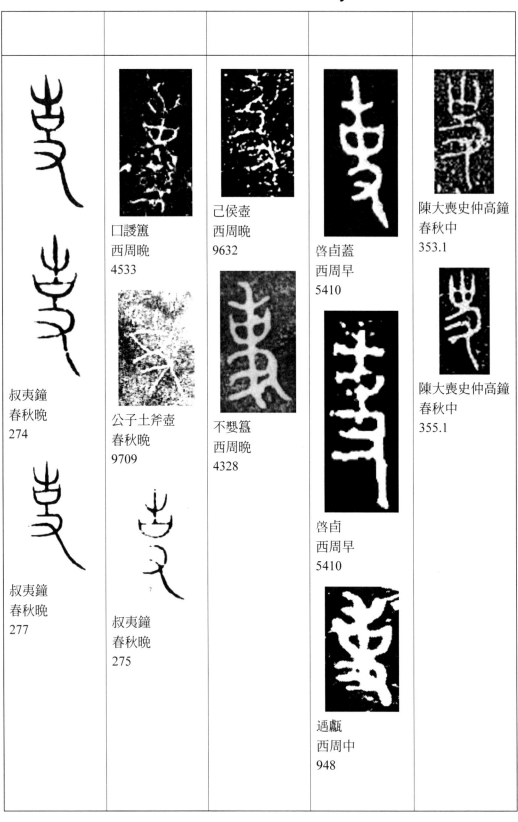

叔夷鐘
春秋晚
274

叔夷鐘
春秋晚
277

口諆簋
西周晚
4533

公子土斧壺
春秋晚
9709

叔夷鐘
春秋晚
275

己侯壺
西周晚
9632

不嬰簋
西周晚
4328

啓卣蓋
西周早
5410

啓卣
西周早
5410

遇甗
西周中
948

陳大喪史仲高鐘
春秋中
353.1

陳大喪史仲高鐘
春秋中
355.1

| | | | | |
|---|---|---|---|---|
| 公孫潮子編鐘<br>戰國早<br>近出 4 | | | 叔夷鐘<br>春秋晚<br>281 | |
| 覓右工戈<br>春秋晚<br>11259 | | | | |
| | | | 叔夷鐘<br>春秋晚<br>283 | 叔夷鐘<br>春秋晚<br>272 |
| | 叔夷鎛<br>春秋晚<br>285 | | | |

# 臧（臧）175　臣 174

| 臧 | | 臣 | | |
|---|---|---|---|---|
| <br>紀伯子庭父盨<br>4442<br>西周晚 | <br>不嬰簋<br>西周晚<br>4328 | <br><br>臣戈<br>商晚<br>山東成 760 | <br>陳純釜<br>戰國中<br>10371 | <br>公孫潮子編鐘<br>戰國早<br>近出 5 |
| <br><br>紀伯子庭父盨<br>4443<br>西周晚 | <br>叔夷鐘<br>春秋晚<br>275 | <br>禽簋<br>西周早<br>國博館刊 2012.1 | <br>子禾子釜<br>戰國中<br>10374 | <br>公孫潮子編鐘<br>戰國早<br>近出 7 |
| <br>紀伯子庭父<br>4444<br>西周晚 | <br>叔夷鎛<br>春秋晚<br>285 | | | <br>陳璋方壺<br>戰國中<br>9703 |

殺 178　殺 177　段 176

| | 殺 | 殺 | 段 | 段 |
|---|---|---|---|---|
| 莒平鐘<br>春秋晚<br>176 | 莒平鐘<br>春秋晚<br>172 | 妊爵<br>西周早<br>9027 | 十年鈹<br>戰國<br>11685 | 紀伯子庭父<br>西周晚<br>4445 |
| 莒平鐘<br>春秋晚<br>177 | 莒平鐘<br>春秋晚<br>174 | 妊爵<br>西周早<br>9028 | | 灘公鼎<br>春秋晚<br>文物 2014.1 |
| 莒平鐘<br>春秋晚<br>178 | 莒平鐘<br>春秋晚<br>175 | 杞伯每亡鼎<br>西周晚或春秋早<br>2494<br>用作「邾」,「邾」<br>重見。 | | 摹本<br>陳璋方壺<br>戰國中<br>9703 |

專 181　　　尋 180　　　寺 179

| 專 | 尋 | 寺 | | |
|---|---|---|---|---|
| 　叔夷鐘　春秋晚　274 | 　尋仲盤　春秋早　10135 <br> 　尋仲匜　春秋早　10266 | 　郜公典盤　春秋中　近出 1009 <br> 　廿四年莒陽斧　戰國晚　近出 1244 | 郜仲簠　西周中晚　新收 1046　放入「寺」下 <br> 　上曾太子鼎　春秋早　2750　讀爲持。 | 　莒平鐘　春秋晚　179 <br> 　莒平鐘　春秋晚　180 <br> 　叔夷鐘　春秋晚　277 <br> 　叔夷鎛　春秋晚　285 |

# 啓 183　　皮 182

| 啟 | 皮 | | |
|---|---|---|---|
| <br>啓尊<br>西周早<br>5983<br><br><br>豐卣<br>西周中<br>考古 2010.8<br><br><br>豐觥<br>西周中<br>中新網<br>2010.1.14 | <br>啓卣蓋<br>西周早<br>5410<br><br><br>啓卣<br>西周早<br>5410<br><br><br>辛醫簋<br>西周早<br>新收 1148 | <br>陳子皮戈<br>戰國<br>11126 | <br>叔夷鎛<br>春秋晚<br>285 | <br>叔夷鐘<br>春秋晚<br>272<br><br><br>叔夷鐘<br>春秋晚<br>275<br><br><br>叔夷鐘<br>春秋晚<br>282 |

肇 184

| | | | | |
|---|---|---|---|---|
|  |  |  |  |  |
| 鑄子叔黑臣簠<br>春秋早<br>4571 | 鄮甘辜鼎<br>西周晚<br>新收 1091 | 魯司徒仲齊盨蓋<br>西周晚<br>4441 | 乘父士杉盨<br>西周晚<br>4437 | 魯仲齊鼎<br>西周晚<br>2639 |
|  |  |  |  |  |
| 鑄子叔黑臣簠蓋<br>春秋早<br>4571 | 鑄公簠<br>春秋早<br>山東存鑄 2.1 | 魯司徒仲齊盤<br>西周晚<br>10116 | 魯司徒仲齊盨<br>西周晚<br>4440 | 鑄子叔黑臣簠<br>西周晚<br>3944 |
|  |  |  |  |  |
| 鑄子叔黑臣簠蓋<br>春秋早<br>4570.1 | 鑄子叔黑臣簠<br>春秋早<br>4570.2 | 魯司徒仲齊匜<br>西周晚<br>10275 | 魯司徒仲齊盨<br>西周晚<br>4441 | 不嬰簋<br>西周晚<br>4328 |

# 敏 185

| | 叔 | | | |
|---|---|---|---|---|
| 叔尊<br>西周早<br>新出金文與西周<br>歷史 8 頁圖二.1<br><br>叔卣內底<br>西周早<br>新出金文與西周<br>歷史 9 頁圖二.4 | 魯伯愈盨<br>春秋早<br>4458<br><br>叔夷鐘<br>春秋晚<br>273<br><br>叔夷鎛<br>春秋晚<br>285 | 魯伯愈盨蓋<br>春秋早<br>4458<br><br>魯宰虢簠蓋<br>春秋早<br>遺珍 45-46<br><br>正叔止士黻俞簠<br>春秋早<br>遺珍 42-44 | 鑄子叔黑臣簠蓋<br>春秋早<br>4572<br><br>鑄子叔黑臣鼎<br>春秋早<br>2587<br><br>鑄子叔黑臣鬲<br>春秋早<br>735 |

## 政 188　　故 187　　敀 186

| 政 | 故 | 敀 | | |
|---|---|---|---|---|
| 政<br>叔夷鐘<br>春秋晚<br>272 | 者僕故匜<br>西周晚<br>山東成 696 | 取子鉞<br>西周早<br>11757 | 叔夷鐘<br>春秋晚<br>281<br><br>叔夷鎛<br>春秋晚<br>285 | （董珊摹本）<br>叔卣蓋<br>西周早<br>古研 29 輯 311<br>頁圖四<br><br>叔夷鐘<br>春秋晚<br>273 |

敕 190　　更 189

| | | | | |
|---|---|---|---|---|
| 敕 | 雲 | | | |

陳純釜
戰國中
10371

引簋
西周中晚
海岱 37.6

叔夷鎛
春秋晚
285

叔夷鐘
春秋晚
280

叔夷鐘
春秋晚
281

叔夷鐘
春秋晚
283

叔夷鐘
春秋晚
275

叔夷鐘
春秋晚
278

叔夷鐘
春秋晚
279

# 救 193　　敵 192　　　　　　陳 191

| 救 | 敵 | | | 陳 |
|---|---|---|---|---|

周窀匜
西周晚
10218

叔夷鐘
春秋晚
273

陳大喪史仲高鐘
春秋中
355.1

陳侯壺
春秋早
9634・2

陳侯壺蓋
春秋早
9633・1

叔夷鐘
春秋晚
274

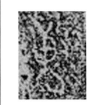

陳散戈
春秋晚
10963

陳大喪史仲高鐘
春秋中
集成 351.1

陳侯壺
春秋早
9633・2

陳樂君歌甗
春秋晚
近出 163

陳大喪史仲高鐘
春秋中
集成 352.1

陳侯壺蓋
春秋早
9634・1

叔夷鎛
春秋晚
285

| 攻 198 | 鼓 197 | 寇 196 | 敗 195 | 敦 194 |
|--------|--------|--------|--------|--------|
| 攻 | 鼓 | 寇 | 敗 | 敦 |
| 叔夷鐘<br>春秋晚<br>273 | 取子鉞<br>西周早<br>11757 | 十年洱陽令戈<br>戰國<br>近出 1195 | 引簋<br>西周中晚<br>海岱 37.6 | 陳純釜<br>戰國中<br>10371 |
| 叔夷鐘<br>春秋晚<br>281 | 叔夷鎛<br>春秋晚<br>277 | | | |
| 叔夷鎛<br>春秋晚<br>285 | 叔夷鎛<br>春秋晚<br>284 | | | |
| | 叔夷鎛<br>春秋晚<br>285 | | | |

| 祓 203 | 蚑 202 | 斄 201 | 改 200 | 敆 199 |
|---|---|---|---|---|
| | | 斄 | 斄 | 敆 |
| <br>霝父君瓶蓋<br>春秋早<br>遺珍 31-33<br><br>霝父君瓶<br>春秋早<br>遺珍 31-33 | 蚑**T**爵<br>商晚<br>8189 | 釐伯鼎<br>西周中<br>2044 | 攻敔王夫差劍<br>春秋晚<br>近出 1226<br><br>攻吳王夫差劍<br>戰國<br>新收 1523 | 攻敔王夫差劍春<br>秋晚<br>近出 1226<br><br>攻吳王夫差劍戰<br>國<br>新收 1523 |

用 205　　貞 204

| | | | 用 | 貞 |
|---|---|---|---|---|
| 束作父辛卣<br>西周早<br>5333 | 啓卣<br>西周早<br>5410 | 旅鼎<br>西周早<br>2728 | 夆盉<br>商晚<br>近出二 833 | 杞伯每亡鼎<br>西周晚或春秋早<br>2494 |
| 束作父辛卣蓋<br>西周早<br>5333 | 啓卣蓋<br>西周早<br>5410 | 大保簋<br>西周早<br>4140 | 憲鼎<br>西周早<br>2749 | 杞伯每亡鼎<br>西周晚或春秋早<br>2495 |
| 憲鬲<br>西周早<br>631 | 啓卣蓋<br>西周早<br>5410 | 啓卣<br>西周早<br>5410 | 鴛簋<br>西周早<br>國博館刊 2012.1 | |

伯旬鼎
西周中
2414

遣叔鼎
西周中
2212

竅鼎
西周中
2721

叔妃簋
西周中
3729.2

叡鐘
西周中
92

竅甗
西周中
948

伯鼎
西周中
2460

董珊摹本
叔卣蓋
西周早
古研 29 輯 311
頁圖四

叡鐘
西周中
90

叔卣內底
西周早

新出金文與西周
歷史 9 頁圖二.4

琜盉
西周早
滕墓上 303 頁圖
218

辛嚳簋
西周早
新收 1148

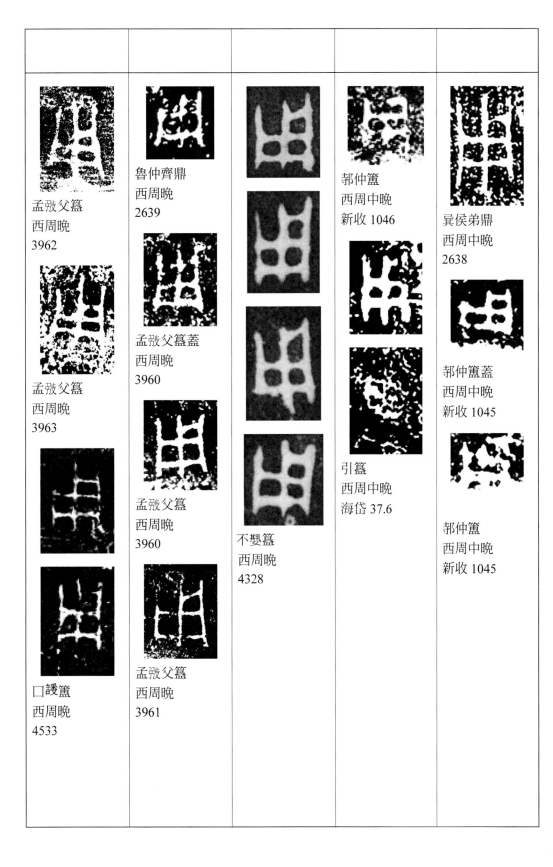

孟彣父簋
西周晚
3962

孟彣父簋
西周晚
3963

□諆簋
西周晚
4533

魯仲齊鼎
西周晚
2639

孟彣父簋蓋
西周晚
3960

孟彣父簋
西周晚
3960

孟彣父簋
西周晚
3961

不嬰簋
西周晚
4328

郘仲簋
西周中晚
新收 1046

引簋
西周中晚
海岱 37.6

曩侯弟鼎
西周中晚
2638

郘仲簋蓋
西周中晚
新收 1045

郘仲簋
西周中晚
新收 1045

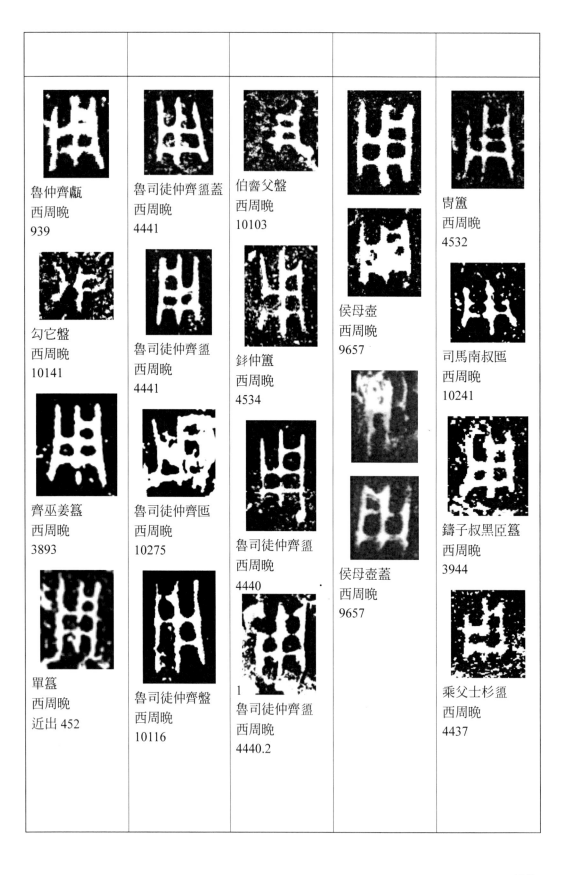

魯仲齊甗
西周晚
939

勾它盤
西周晚
10141

齊巫姜簋
西周晚
3893

單簋
西周晚
近出 452

魯司徒仲齊盨蓋
西周晚
4441

魯司徒仲齊盨
西周晚
4441

魯司徒仲齊匜
西周晚
10275

魯司徒仲齊盤
西周晚
10116

伯齎父盤
西周晚
10103

鈇仲簋
西周晚
4534

魯司徒仲齊盨
西周晚
4440

1
魯司徒仲齊盨
西周晚
4440.2

侯母壺
西周晚
9657

侯母壺蓋
西周晚
9657

冑簋
西周晚
4532

司馬南叔匜
西周晚
10241

鑄子叔黑臣簋
西周晚
3944

乘父士杉盨
西周晚
4437

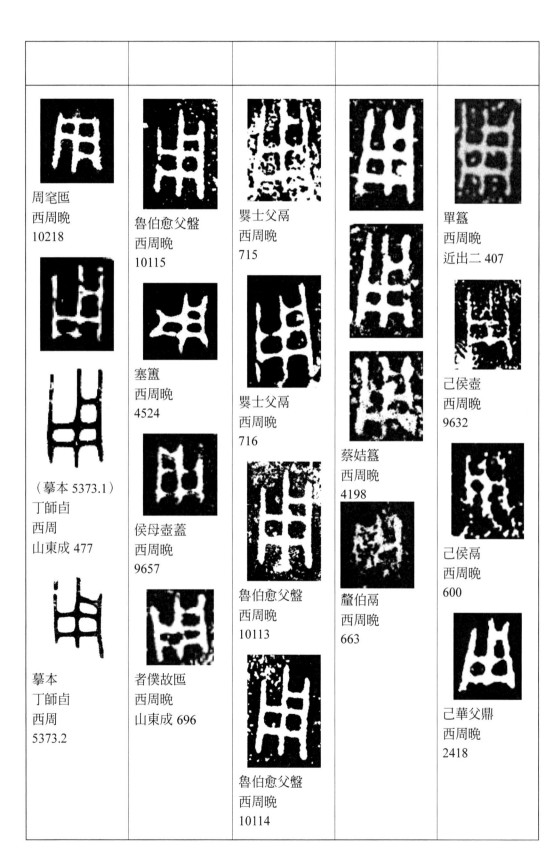

周𡧧匜
西周晚
10218

魯伯愈父盤
西周晚
10115

奚士父鬲
西周晚
715

單簋
西周晚
近出二 407

（摹本 5373.1）
丁師卣
西周
山東成 477

塞簋
西周晚
4524

奚士父鬲
西周晚
716

己侯壺
西周晚
9632

蔡姞簋
西周晚
4198

侯母壺蓋
西周晚
9657

己侯鬲
西周晚
600

魯伯愈父盤
西周晚
10113

釐伯鬲
西周晚
663

摹本
丁師卣
西周
5373.2

者僕故匜
西周晚
山東成 696

魯伯愈父盤
西周晚
10114

己華父鼎
西周晚
2418

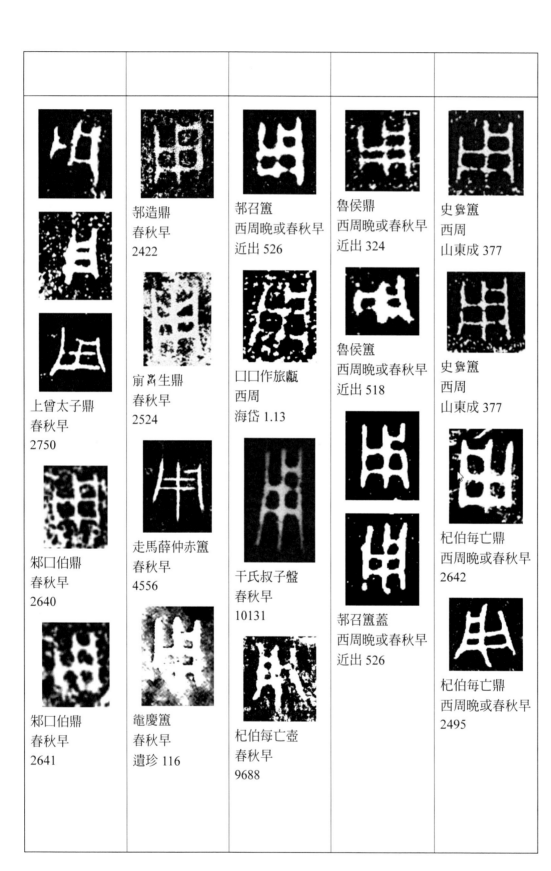

上曾太子鼎
春秋早
2750

郳口伯鼎
春秋早
2640

郳口伯鼎
春秋早
2641

郜造鼎
春秋早
2422

甫□生鼎
春秋早
2524

走馬薛仲赤簠
春秋早
4556

黿慶簠
春秋早
遺珍 116

郜召簠
西周晚或春秋早
近出 526

□□作旅甗
西周
海岱 1.13

干氏叔子盤
春秋早
10131

杞伯每亡壺
春秋早
9688

魯侯鼎
西周晚或春秋早
近出 324

魯侯簠
西周晚或春秋早
近出 518

郜召簠蓋
西周晚或春秋早
近出 526

史夒簠
西周
山東成 377

史夒簠
西周
山東成 377

杞伯每亡鼎
西周晚或春秋早
2642

杞伯每亡鼎
西周晚或春秋早
2495

邾友父鬲
春秋早
遺珍 29-30

邾君慶壺
春秋早
遺珍 35-38

倪慶鬲
春秋早
圖像集成 2866

兒慶匜鼎
春秋早
遺珍 68-69

竜公子害簋
春秋早
遺珍 67 頁

鑄公簠
春秋早
山東存鑄 2.1

邾君慶壺蓋
春秋早
遺珍 35-38

倪慶鬲
春秋早
圖像集成 2867

子皇母簋
春秋早
遺珍 49-50

竜公子害簋蓋
春秋早
遺珍 67 頁

鑄公簠蓋
春秋早
4574

霝父君瓶
春秋早
遺珍 31-33

畢仲弁簋
春秋早
遺珍 48

昆君婦媿霝壺
春秋早
遺珍 63-65

鑄子叔黑臣簋蓋
春秋早
4570.1

霝父君瓶蓋
春秋早
遺珍 31-33

| | | | | |
|---|---|---|---|---|
| <br>杞伯每亡簋蓋<br>春秋早<br>3900 | <br>杞伯每亡簋<br>春秋早<br>3898 | <br><br><br>杞伯每亡匜<br>春秋早<br>10255 | <br>鑄子叔黑臣鬲<br>春秋早<br>735 | <br>鑄子叔黑臣簠<br>春秋早<br>4570.2 |
| <br>杞伯每亡簋<br>春秋早<br>3901 | <br>杞伯每亡簋蓋<br>春秋早<br>3898 | <br>杞伯每亡盆<br>春秋早<br>10334 | <br>鑄子叔黑臣鼎<br>春秋早<br>2587 | <br><br><br>鑄子叔黑臣簠蓋<br>春秋早<br>4571 |
| <br>魯伯大父簋<br>春秋早<br>3974 | <br>杞伯每亡簋蓋<br>春秋早<br>3899.1 | <br>杞伯每亡簋<br>春秋早<br>3897 | <br>商丘叔簠<br>春秋早<br>新收 1071 | <br>叔黑臣匜<br>春秋早<br>10217 |
| <br>邾友父鬲<br>春秋早<br>圖像集成 2939 | <br>杞伯每亡簋<br>春秋早<br>3899.2 | | | |

<table>
<tr><td></td><td></td><td></td><td></td><td></td></tr>
<tr>
<td>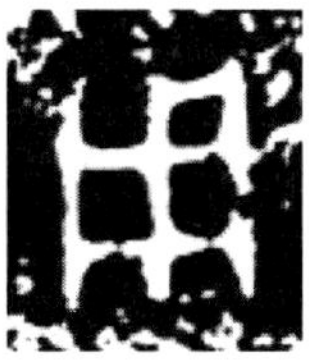<br>魯士⿸广孚父簠<br>春秋早<br>4518<br><br>魯大司徒厚氏元簠<br>春秋早<br>4689<br><br>魯大司徒厚氏元簠蓋<br>春秋早<br>4690.1<br>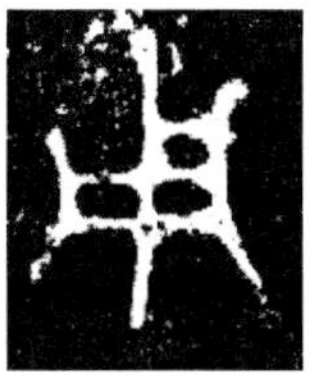<br>魯大司徒厚氏元簠<br>春秋早<br>4690.2</td>
<td>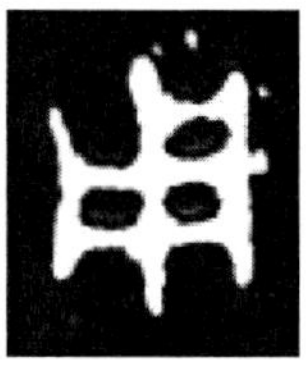<br>魯伯愈父鬲<br>春秋早<br>694<br><br>魯伯愈父鬲<br>春秋早<br>695<br>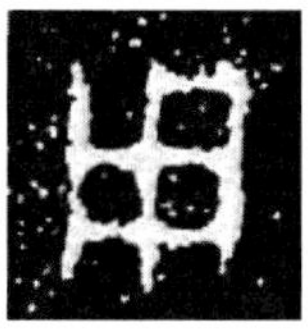<br>郜造鼎<br>春秋早<br>2422<br><br>夆叔盤<br>春秋早<br>10163</td>
<td><br>魯伯愈父鬲<br>春秋早<br>690<br><br>魯伯愈父鬲<br>春秋早<br>691<br>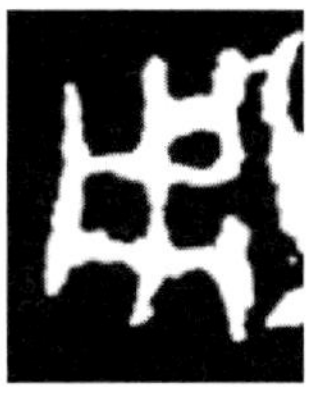<br>魯伯愈父鬲<br>春秋早<br>692<br><br>魯伯愈父鬲<br>春秋早<br>693</td>
<td>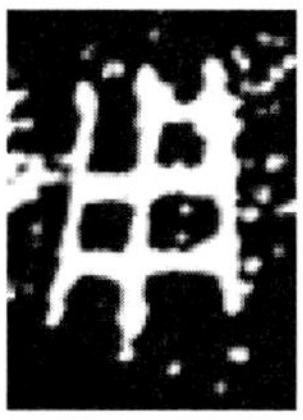<br>齊趫父鬲<br>春秋早<br>685<br><br>齊侯子行匜<br>春秋早<br>10233<br><br>曹伯狄簋<br>春秋早<br>4019<br>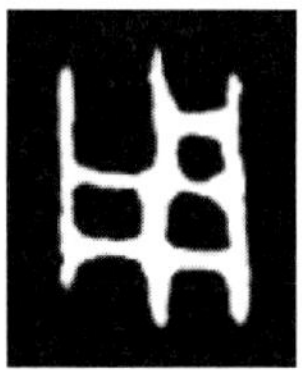<br>魯伯愈父匜<br>春秋早<br>10244</td>
<td><br>郳友父鬲<br>春秋早<br>圖像集成 2941<br>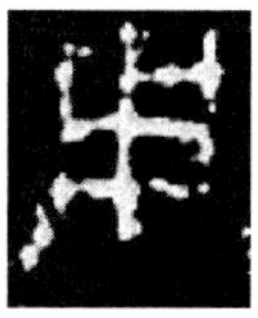<br>鄩甘辜鼎<br>春秋早<br>新收 1091<br><br>鄩仲匜<br>春秋早<br>10266<br><br>鄩仲盤<br>春秋早<br>10135<br>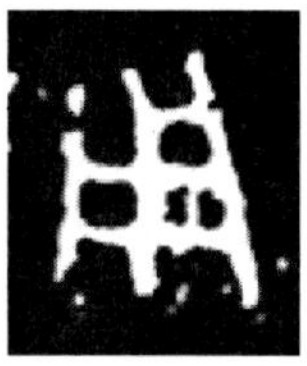<br>齊趫父鬲<br>春秋早<br>686</td>
</tr>
</table>

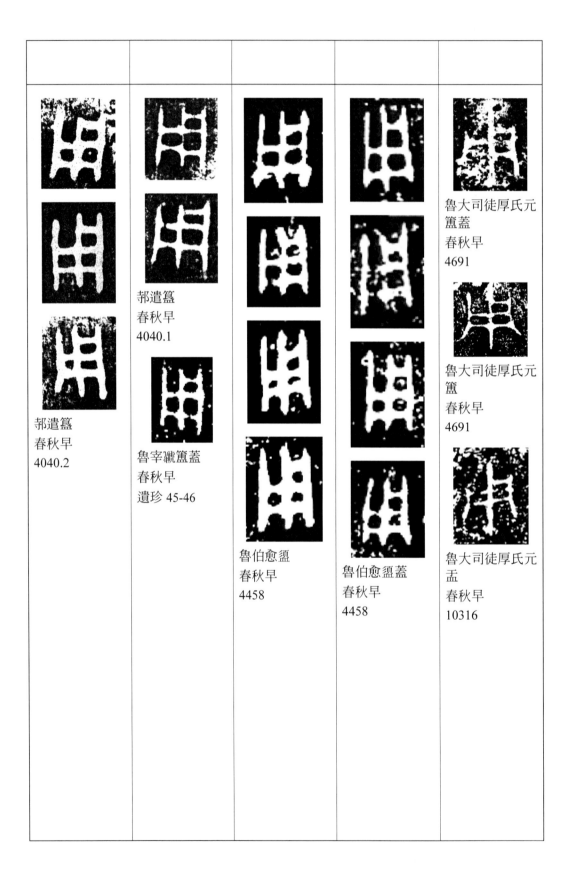

郜遺簋
春秋早
4040.2

郜遺簋
春秋早
4040.1

魯宰虢簠蓋
春秋早
遺珍 45-46

魯伯愈盨
春秋早
4458

魯伯愈盨蓋
春秋早
4458

魯大司徒厚氏元
簠蓋
春秋早
4691

魯大司徒厚氏元
簠
春秋早
4691

魯大司徒厚氏元
盂
春秋早
10316

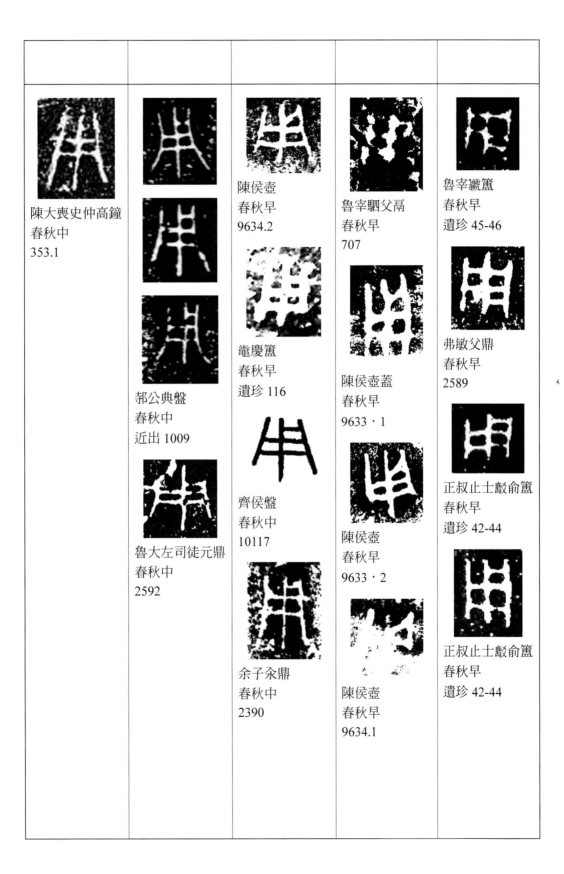

陳大喪史仲高鐘
春秋中
353.1

郘公典盤
春秋中
近出 1009

魯大左司徒元鼎
春秋中
2592

陳侯壺
春秋早
9634.2

竈慶簠
春秋早
遺珍 116

齊侯盤
春秋中
10117

余子汆鼎
春秋中
2390

魯宰駟父鬲
春秋早
707

陳侯壺蓋
春秋早
9633·1

陳侯壺
春秋早
9633·2

陳侯壺
春秋早
9634.1

魯宰虢簠
春秋早
遺珍 45-46

弗敏父鼎
春秋早
2589

正叔止士馘俞簠
春秋早
遺珍 42-44

正叔止士馘俞簠
春秋早
遺珍 42-44

| | | | | |
|---|---|---|---|---|
|  薛子仲安簠 春秋晚 4546 <br><br> 薛子仲安簠 春秋晚 4547 <br><br>   莒大叔壺 春秋晚 近出二 876 |  攻敔王夫差劍 春秋晚 近出 1226 <br><br>   筥平壺 春秋晚 新收 1088 | 薛子仲安簠蓋 春秋晚 4546.2 <br><br>  宋公固鼎 春秋晚 文物 2014.1 <br><br>  宋公固簠 春秋晚 文物 2014.1 <br><br>  瀻公鼎 春秋晚 文物 2014.1 | 陳大喪史仲高鐘 春秋中 集成 355.2 <br><br>  越王劍 春秋晚 圖像集成 17868 <br><br>   薛子仲安簠蓋 春秋晚 4546.1 | 陳大喪史仲高鐘 春秋中 集成 353.2 <br><br>  陳大喪史仲高鐘 春秋中 354.1 <br><br>  陳大喪史仲高鐘 春秋中 集成 354.2 <br><br>  陳大喪史仲高鐘 春秋中 355.1 <br><br>  |

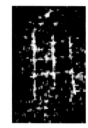

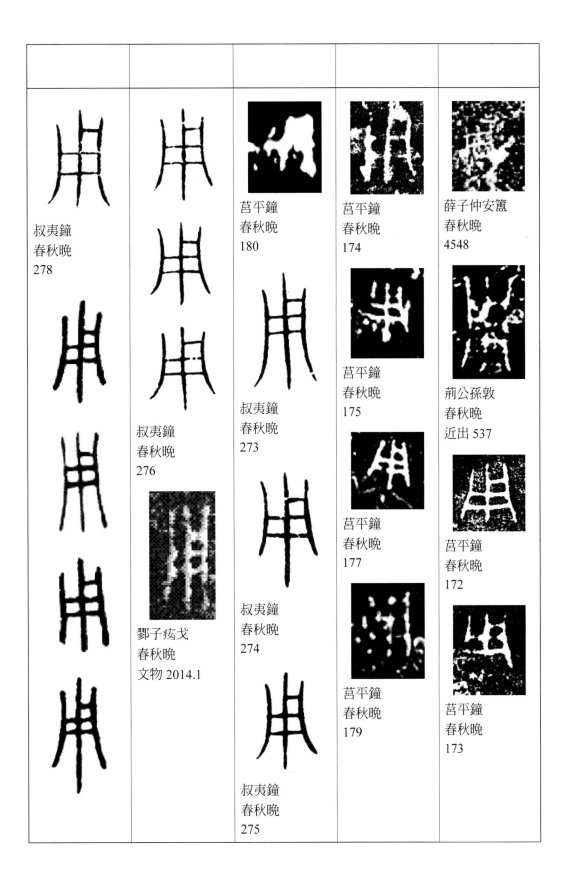

叔夷鐘
春秋晚
278

叔夷鐘
春秋晚
276

鄝子疾戈
春秋晚
文物 2014.1

莒平鐘
春秋晚
180

叔夷鐘
春秋晚
273

叔夷鐘
春秋晚
274

叔夷鐘
春秋晚
275

莒平鐘
春秋晚
174

莒平鐘
春秋晚
175

莒平鐘
春秋晚
177

莒平鐘
春秋晚
179

薛子仲安簠
春秋晚
4548

荊公孫敦
春秋晚
近出 537

莒平鐘
春秋晚
172

莒平鐘
春秋晚
173

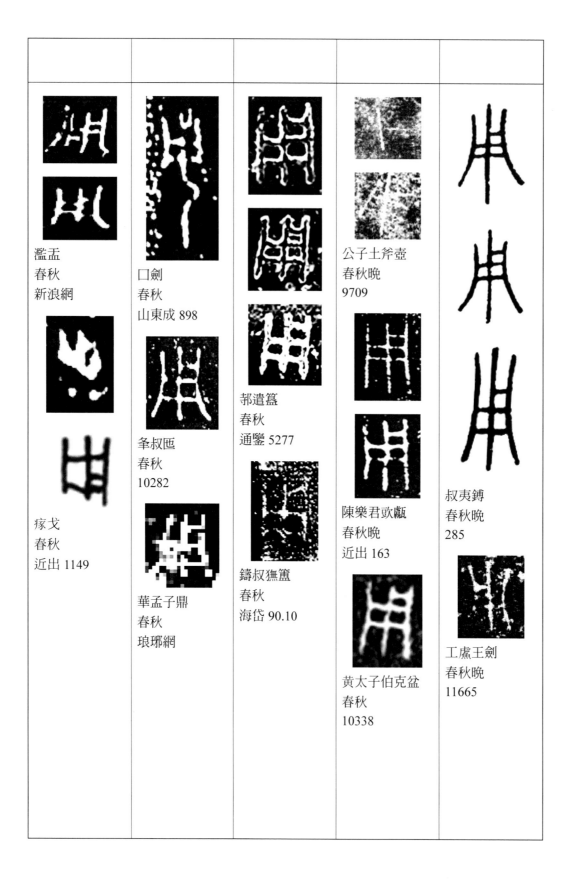

濫盂
春秋
新浪網

口劍
春秋
山東成 898

公子土斧壺
春秋晚
9709

叔夷鎛
春秋晚
285

夆叔匜
春秋
10282

郘遣簋
春秋
通鑑 5277

瘃戈
春秋
近出 1149

華孟子鼎
春秋
琅琊網

鑄叔獻簠
春秋
海岱 90.10

陳樂君歔瓶
春秋晚
近出 163

黃太子伯克盆
春秋
10338

工盧王劍
春秋晚
11665

# 葡<sub>207</sub>　　甫 206

| <br><br>象矢在器中形，<br>篆爲後起形聲字。<br>簸字重見。<br>啓卣蓋<br>西周早<br>5410.1<br><br><br>啓卣<br>西周早<br>5410.2<br><br><br>啓作祖丁尊<br>西周早<br>5983 | <br><br>鈇仲簠<br>春秋<br>4534 | <br><br>司馬楙編鎛<br>戰國<br>山東成 107<br><br><br>悍距末<br>戰國<br>11915 | <br>作用戈<br>戰國<br>11107<br><br><br>攻吳王夫差劍<br>戰國<br>新收 1523<br><br><br><br><br>司馬楙編鎛<br>戰國<br>山東成 105 | <br><br>邾伯缶<br>戰國早<br>10006<br><br><br><br>邾伯缶<br>戰國早<br>10007<br><br><br>子禾子釜<br>戰國中<br>10374 |
|---|---|---|---|---|

爻 208

| | | | | ╳ |
|---|---|---|---|---|
| | | | 爻父丁卣<br>商晚<br>4948.2 | 爻尊<br>商晚<br>5506 |
| | | | 爻父丁觶<br>商晚<br>6263 | 爻觚<br>商晚<br>6798 |
| | | | 爻父癸觶<br>商<br>山東成 505 | 爻父丁卣蓋<br>商晚<br>4948.1 |

# 山東出土金文編　卷四

| 眀213 | 相212 | 旬211 | 睽210 | 罘209 |
|---|---|---|---|---|
| 眀 | 相 | 旬 | 睽 | 罘 |

| | | | | |
|---|---|---|---|---|
| 眀觚<br>西周早<br>新收 1115 | 辛罍簋<br>西周早<br>新收 1148 | 白旬鼎<br>西周中<br>2414 | 巺士父鬲<br>西周晚<br>715 | 叔鐘<br>西周中<br>91 |
| | 十年洱陽令戈<br>戰國<br>近出 1195 | | 巺士父鬲<br>西周晚<br>716 | 叔鐘<br>西周中<br>92 |
| | 十年鈹<br>戰國<br>11685 | | | |

自 216　　省 215　　眉 214

| | | 自 | 省 | 眉 |
|---|---|---|---|---|
| 射南簠<br>西周晚<br>4480 | 叔尊<br>西周早<br>新出金文與西周<br>歷史 8 頁圖二.1 | 叔卣內底<br>西周早<br>新出金文與西周<br>歷史 9 頁圖二.4 | 小臣俞犀尊<br>商<br>5990 | 眉子鬲<br>商晚<br>487 |
| 冑簠<br>西周晚<br>4532 | | | | |
| 上曾太子鼎<br>春秋早<br>2750 | 射南簠<br>西周晚<br>4479 | | | |

# 魯 217

| 魯<br>（篆） | | | | |
|---|---|---|---|---|
| 魯伯愈父盤<br>西周晚<br>10113 | 啓卣<br>西周早<br>5410 | 莒平鐘<br>春秋晚<br>180 | 莒平鐘<br>春秋晚<br>173 | 走馬薛仲赤簠<br>春秋早<br>4556 |
| 魯伯愈父盤<br>西周晚<br>10115 | 啓卣蓋<br>西周早<br>5410 | 邿伯缶<br>戰國早<br>10006 | 攻敔王夫差劍<br>春秋晚<br>近出 1226 | 黿公子害簠<br>春秋早<br>遺珍 67 |
| 魯司徒仲齊盨<br>西周晚<br>4441 | 魯仲齊甗<br>西周晚<br>939 | 邿伯缶<br>戰國早<br>10007 | 莒平鐘<br>春秋晚<br>174 | 黿公子害簠蓋<br>春秋早<br>遺珍 67 |
| 魯司徒仲齊盨<br>蓋<br>西周晚<br>4441 | 魯仲齊鼎<br>西周晚<br>2639 | 攻吳王夫差劍<br>戰國<br>新收 1523 | | 莒平鐘<br>春秋晚<br>172 |

魯伯愈父盤
春秋早
10114

魯伯愈父匜
春秋早
10244

魯伯者父盤
春秋早
10087

魯伯愈父鬲
春秋早
694

魯伯愈父鬲
春秋早
695

魯伯愈父鬲
春秋早
690

魯伯愈父鬲
春秋早
691

魯伯愈父鬲
春秋早
692

魯伯愈父鬲
春秋早
693

魯侯鼎
西周晚或春秋早
近出 324

魯侯簋
西周晚或春秋早
近出 518

魯侯彝
西周
總集 4754

魯伯大父簋
春秋早
3974

魯司徒仲齊盨
西周晚
4440・1

魯司徒仲齊盨
西周晚
4440.2

魯司徒仲齊盤
西周晚
10116

魯司徒仲齊匜
西周晚
10275

# 者 218

|  | | | | |
|---|---|---|---|---|
| 　鴌簋　西周早　國博館刊 2012.1 | 　魯宰虢簠　春秋早　遺珍 45-46 | 　魯宰虢簠蓋　春秋早　遺珍 45-46 | 　魯大司徒厚氏元簠　春秋早　4689 | 　魯伯愈盨蓋　春秋早　4458 |
| 　者僕故匜　西周晚　山東成 696 | 　正叔止士敔俞簠　春秋早　遺珍 42-44 | 　魯大司徒厚氏元簠蓋　春秋早　4691 | 　魯大司徒厚氏元簠蓋　春秋早　4690.1 | 　魯伯愈盨　春秋早　4458 |
| 　者旂故匜　周代　山東成 696 | 　叔夷鎛　春秋晚　285 | 　魯大司徒厚氏元簠　春秋早　4691 | 　魯大司徒厚氏元簠　春秋早　4690.2 | 　魯士厚簠　春秋早　4518 |
| 　魯伯者父盤　春秋早　10087 | 　叔夷鐘　春秋晚　277 | 　魯大司徒厚氏元盂　春秋早　10316 | | |

翏 221　　百 220　　　　嫶219

| 翏 | 百 | | 嫶 | |
|---|---|---|---|---|
| 魯侯鼎<br>西周晚或春秋早<br>近出 324<br><br>魯侯簋<br>西周晚或春秋早<br>近出 518 | 引簋<br>西周中晚<br>海岱 37.6<br><br>余子氽鼎<br>春秋中<br>2390<br><br>叔夷鐘<br>春秋晚<br>278<br><br>叔夷鎛<br>春秋晚<br>285 | 莒平鐘<br>春秋晚<br>177<br><br>莒平鐘<br>春秋晚<br>178<br><br>莒平鐘<br>春秋晚<br>180 | 莒平鐘<br>春秋晚<br>173<br><br>莒平鐘<br>春秋晚<br>174<br><br>莒平鐘<br>春秋晚<br>175 | 陳純釜<br>戰國中<br>10371<br><br><br>子禾子釜<br>戰國中<br>10374 |

## 隻 223　　　　　　　　　　　　　　隹 222

矢伯獲卣蓋
西周早
5291.1

矢伯獲卣
西周早
5291.2

鴦鼎
西周早
國博館刊 2012.1

鄆子鼎
春秋晚
中國歷史文物
2009.2

讖公鼎
春秋晚
文物 2014.1

濫盂
春秋
新浪網

邳伯缶
戰國早
10007

引簋
西周中晚
海岱 37.6

夆叔盤
春秋早
10163

叔夷鐘
春秋晚
272

寢鼎
西周中
2721

旅鼎
西周早
2728

遇甗
西周中
948

鴦簋
西周早
國博館刊 2012.1

憲鼎
西周早
2749

| 蔑 228 | 舊 227 | 雈 226 | 雕 225 | 雌 224 |
|---|---|---|---|---|
| 蔑 | 舊 | 雈 | | 雌 |

| | | | | |
|---|---|---|---|---|
| 遇甗<br>西周中<br>948 | 叔夷鐘<br>春秋晚<br>275 | 犢雈戟<br>戰國晚<br>近出 1131 | 魯宰駟父鬲<br>春秋早<br>707 | 竅鼎<br>西周中<br>2721 |
| 竅鼎<br>西周中<br>2721 | 叔夷鎛<br>春秋晚<br>285 | | | 遇甗<br>西周中<br>948 |

| 畢 233 | 鳥 232 | 鶡 231 | 鳥 230 | 羊 229 |
|---|---|---|---|---|
| 畢 | 鳥 | 鶡 | 鳥 | 羊 |
| <br>畢仲弁簠<br>春秋早<br>遺珍 48 | <br>取子鉞<br>西周早<br>11757<br><br><br>陳純釜<br>戰國中<br>10371 | <br>郜公典盤<br>春秋中<br>近出 1009<br><br><br>叔夷鐘<br>春秋晚<br>276<br><br><br>叔夷鎛<br>春秋晚<br>285 | <br>鳥戈<br>商代晚<br>近出 1064<br><br><br>母丁觶<br>西周早<br>滕州墓上 297 頁 | <br>甚諆鼎<br>西周中<br>2410<br><br><br>羊子戈<br>春秋晚<br>11089<br><br><br>羊角戈<br>戰國早<br>11210 |

| 玄 238 | 寰 237 | 惠 236 | 幽 235 | 再 234 |
|---|---|---|---|---|
| | | | | |
| 莒平鐘<br>春秋晚<br>172 | 寰鬲<br>西周早<br>631 | 蔡姞簋<br>西周晚<br>4198 | 引簋<br>西周中晚<br>海岱 37.6 | 叔夷鐘<br>春秋晚<br>275 |
| | | | | |
| 叔夷鐘<br>春秋晚<br>276 | | | | 叔夷鐘<br>春秋晚<br>282 |
| | | | | |
| 莒平鐘<br>春秋晚<br>174 | | | | 叔夷鎛<br>春秋晚<br>285 |
| | | | | |
| 莒平鐘<br>春秋晚<br>175 | | | | |

# 受 241　幻 240　茲 239

| 受 | | 幻 | 茲 |
|---|---|---|---|
|  | <br>郜召簠<br>西周晚或春秋早<br>近出 526 | <br>孟弢父簋<br>西周晚<br>3962 | <br>大保簋<br>西周早<br>4140 | <br>莒平鐘<br>春秋晚<br>176 |

叔夷鐘
春秋晚
275

郜召簠蓋
西周晚或春秋早
近出 526

孟弢父簋
西周晚
3963

娣姬鬲
西周晚
新收 1070

莒平鐘
春秋晚
177

莒平鐘
春秋晚
173

叔夷鐘
春秋晚
282

孟弢父簋蓋
西周晚
3963

陳純釜
戰國中
10371

莒平鐘
春秋晚
179

莒平鐘
春秋晚
180

# 敔 242

| | | 敔 | | |
|---|---|---|---|---|
| | | <br>龔簋<br>西周早<br>國博館刊 2012.1 | <br>莒平鐘<br>春秋晚<br>175 | <br> |
| | 叔夷鐘<br>春秋晚<br>273 | <br>虢鐘<br>西周中<br>92 | <br>莒平鐘<br>春秋晚<br>179 | 叔夷鎛<br>春秋晚<br>285 |
| | | <br>叔夷鐘<br>春秋晚<br>272 | <br>莒平鐘<br>春秋晚<br>177 | <br>莒平鐘<br>春秋晚<br>174 |
| 叔夷鎛<br>春秋晚<br>285 | 叔夷鐘<br>春秋<br>275 | | <br>莒平鐘<br>春秋晚<br>180 | |

| 膞246 | 膳 245 | 脽 244 | 死 243 | |
|---|---|---|---|---|
| 膞 | 膳 | 脽 | 朮 | |

| | | | 遇甗 西周中 948 | 叔夷鐘 春秋 279 |
| 齊城右造刀 戰國晚 11815 | 齊侯作孟姜敦 春秋晚 4645 | 鵙戈 春秋晚 10818 | 叔夷鐘 春秋晚 272 | 叔夷鐘 春秋晚 282 |
| 垣左戟 戰國 海岱 37.63 | | | 叔夷鎛 春秋晚 285 | 司馬楙編鎛 戰國 山東成 106 |

| 縢 250 | 脂 249 | | 散 248 | 胙 247 |
|---|---|---|---|---|
| | | | | |

| 縢 250 | 脂 249 | | 散 248 | 胙 247 |
|---|---|---|---|---|
| 　叔夷鎛　春秋晚　285 | 灘公鼎　春秋晚　文物 2014.1 | 　陳散戈　春秋晚　10963<br><br>陳窒散戈　戰國　圖像集成 16644<br><br>陳窒散戈　戰國　圖像集成 16645 | 侯散戈　春秋晚　近出 1111<br><br>陳窒散戈　戰國　11036<br><br>陳御寇戈　戰國　11083 | 郳友父鬲　春秋早　遺珍 29-30<br><br>郳友父鬲　春秋早　圖像集成 2939<br><br>郳友父鬲　春秋早　圖像集成 2941 |

## 初 254　　利 253　　刀 252　　肜 251

| 初 | 利 | 刀 | 肜 |
|---|---|---|---|
| | | | |

楚良臣余義
鐘
春秋晚
183

不其簋
西周晚
4328

上曾太子鼎
春秋早
2750

孫□簋
商
山東成 264

小臣艅犀尊
商晚
5990

莒平鐘
春秋晚
173

鑄叔皮父簋
春秋早
4127

□刀
商晚
11807

莒平鐘
春秋晚
176

夆叔盤
春秋早
10163

子禾子釜
戰國中
10374

# 割 255

| | 劃 | | | |
|---|---|---|---|---|
| 紀伯子庭父盨<br>西周晚<br>4444 | 紀伯子庭父盨<br>西周晚<br>4443 | 邳伯缶<br>戰國早<br>10006 | 夆叔匜<br>春秋<br>10282 | 莒平鐘<br>春秋晚<br>177 |
| 紀伯子庭父盨<br>西周晚<br>4445 | 紀伯子庭父盨<br>蓋<br>西周晚<br>4443 | 邳伯缶<br>戰國早<br>10007 | 濫盂<br>春秋<br>新浪網 | 戠公鼎<br>春秋晚<br>文物 2014.1 |
| | | | 黃太子伯克盆<br>春秋<br>10338 | 余王鼎<br>春秋晚<br>文物 2014.1 |

| 劌 259 | 劋 258 | | 劏 257 | 制 256 |
|---|---|---|---|---|
| | | | 劏 | 制 |

劌 259

叔夷鎛
春秋晚
285

劋 258

叔夷鐘
春秋晚
277

叔夷鎛
春秋晚
285

叔夷鎛
春秋晚
285

劏 257

叔夷鐘
春秋晚
272

叔夷鐘
春秋晚
273

叔夷鐘
春秋晚
279

制 256

子禾子釜
戰國
10374

角 261　　劍 260

| | | | 角 | 劍 |
|---|---|---|---|---|
| | | | 　羊角戈<br>戰國早<br>11210 | 　越王劍<br>春秋晚<br>圖像集成 17868<br><br>　郾王職劍<br>戰國晚<br>近出 1221 |

山東出土金文編　卷五

<table>
<tr><td colspan="3">簠 264</td><td>筥 263</td><td>節 262</td></tr>
<tr><td>簠</td><td></td><td></td><td>筥</td><td>節</td></tr>
<tr>
<td><br>芮公叔簠蓋<br>西周早或中<br>近出 446</td>
<td><br>齊仲簠<br>西周早<br>近出 421</td>
<td><br>鄱公孫潮子編<br>鐘<br>戰國早<br>近出 5</td>
<td><br>莒平鐘<br>春秋晚<br>174</td>
<td><br>陳純釜<br>戰國中<br>10371</td>
</tr>
<tr>
<td><br>芮公叔簠器<br>西周早或中<br>近出 446</td>
<td><br>新釗簠<br>西周早<br>3439</td>
<td><br>莒造戈<br>戰國<br>山東成 860</td>
<td><br>莒平鐘<br>春秋晚<br>180</td>
<td><br>子禾子釜<br>戰國中<br>10374</td>
</tr>
<tr>
<td><br>叔妃簠<br>西周中<br>3729.2</td>
<td><br>新釗簠<br>西周早<br>3440</td>
<td></td>
<td><br>鄱公孫潮子編<br>鐘<br>戰國早<br>近出 4</td>
<td></td>
</tr>
</table>

單簋
西周晚
近出二 407

乘父士杉盨
西周晚
4437

魯司徒仲齊盨蓋
西周晚
4441・1

魯司徒仲齊盨蓋
西周晚
4441・2

孟弢父簋
西周晚
3963

孟弢父簋
西周晚
3963

不嬰簋
西周晚
4328

單簋
西周晚
近出 452

孟弢父簋蓋
西周晚
3960

孟弢父簋
西周晚
3960

孟弢父簋
西周晚
3961

孟弢父簋
西周晚
3962

魯司徒仲齊
盨
西周晚
4440・1

魯司徒仲齊盨
西周晚
4440.2

齊巫姜簋
西周晚
3893

叔臨父簋
西周晚
3760

魯司徒伯吳
盨
西周中
4415.1

魯司徒伯吳
盨
西周中
4415

鑄子叔黑臣簋
西周晚
3944

引簋
西周中晚
海岱 37.6

| | | | | |
|---|---|---|---|---|
| 公簋簋<br>春秋<br>4654 | 魯伯愈盨蓋<br>春秋早<br>4458 | 杞伯每亡簋<br>春秋早<br>3901 | 杞伯每亡簋<br>蓋<br>春秋早<br>3898 | 杞伯每亡鼎<br>春秋早<br>3879 |
| 公簋簋<br>春秋<br>4655 | 魯伯愈盨<br>春秋早<br>4458 | 魯伯大父作<br>仲姬俞簋<br>春秋早<br>3987 | 杞伯每亡簋<br>蓋<br>春秋早<br>3899.1 | 魯伯大父簋<br>春秋早<br>3974 |
| 公簋簋<br>春秋<br>4656 | 郙遣簋<br>春秋早<br>4040.1 | 魯伯大父作<br>仲姬俞簋<br>春秋早<br>3988 | 杞伯每亡簋<br>春秋早<br>3899.2 | 杞伯每亡簋<br>春秋早<br>3897 |
| 公簋簋<br>春秋<br>4657 | 郙遣簋<br>春秋早<br>4040.2 | 曹伯狄簋<br>春秋早<br>4019 | 杞伯每亡簋<br>蓋<br>春秋早<br>3900 | 杞伯每亡簋<br>春秋早<br>3898 |

## 簫 267　　簸 266　　簠 265

| 簫 | 簸 | | 簠 |
|---|---|---|---|
| 叔夷鎛<br>春秋晚<br>285 | 叔夷鐘<br>春秋晚<br>272 | 象矢在器中形，<br>篆爲後起形聲<br>字。葡字重見。<br>啓卣蓋<br>西周早<br>5410.1 | 魯大司徒厚<br>氏元簠蓋<br>春秋早<br>4691 |
| | 叔夷鐘<br>春秋晚<br>278 | 啓卣<br>西周早<br>5410.2 | 魯大司徒厚<br>氏元簠<br>春秋早<br>4691 |
| | 叔夷鐘<br>春秋晚<br>280 | 宋公固簠<br>春秋晚<br>文物 2014.1 | 魯大司徒厚<br>氏元簠<br>春秋早<br>4689 |
| | | | 魯大司徒厚<br>氏元簠蓋<br>春秋早<br>4690.1 |
| | | | 魯大司徒厚<br>氏元簠<br>春秋早<br>4690.2 |

# 箕 269　　箄 268

| | | | 箕 | |
|---|---|---|---|---|
| 孟敉父簋蓋<br>西周晚<br>3960 | 郜仲簠<br>西周中晚<br>新收 1045 | 叔妃簋<br>西周中<br>3729.1 | 憲鬲<br>西周早<br>631 | 叔夷鐘<br>春秋晚<br>275 |
| 孟敉父簋<br>西周晚<br>3960 | 郜仲簠<br>西周中晚<br>新收 1046 | 叔妃簋<br>西周中<br>3729.2 | 辛醫簋<br>西周早<br>新收 1148 | |
| 孟敉父簋<br>西周晚<br>3961 | 爰士父鬲<br>西周晚<br>715 | 異侯弟鼎<br>西周中晚<br>2638 | 伯鼎<br>西周中<br>2460 | |
| 孟敉父簋<br>西周晚<br>3962 | 爰士父鬲<br>西周晚<br>716 | 郜仲簠蓋<br>西周中晚<br>新收 1045 | 窳鼎<br>西周中<br>2721 | |

| <br><br>乘父士杉盨<br>西周晚<br>4437<br><br>魯司徒仲齊<br>盤<br>西周晚<br>10116 | 魯司徒仲齊<br>盨<br>西周晚<br>4440・2<br><br>魯司徒仲齊<br>盨蓋<br>西周晚<br>4441<br><br>魯司徒仲齊<br>盨<br>西周晚<br>4441<br><br>胄簋<br>西周晚<br>4532 | 射南簋<br>西周晚<br>4479<br><br>射南簋<br>西周晚<br>4480<br><br>鑄子叔黑臣簋<br>西周晚<br>3944<br><br>魯司徒仲齊<br>盨<br>西周晚<br>4440・1 | 齊巫姜簋<br>西周晚<br>3893<br><br>單簋<br>西周晚<br>近出 452<br><br>單簋<br>西周晚<br>近出二 407<br><br>蔡姞簋<br>西周晚<br>4198 | 孟弢父簋蓋<br>西周晚<br>3963<br><br>不嬰簋<br>西周晚<br>4328<br><br>魯仲齊甒<br>西周晚<br>939<br><br>魯仲齊鼎<br>西周晚<br>2639 |

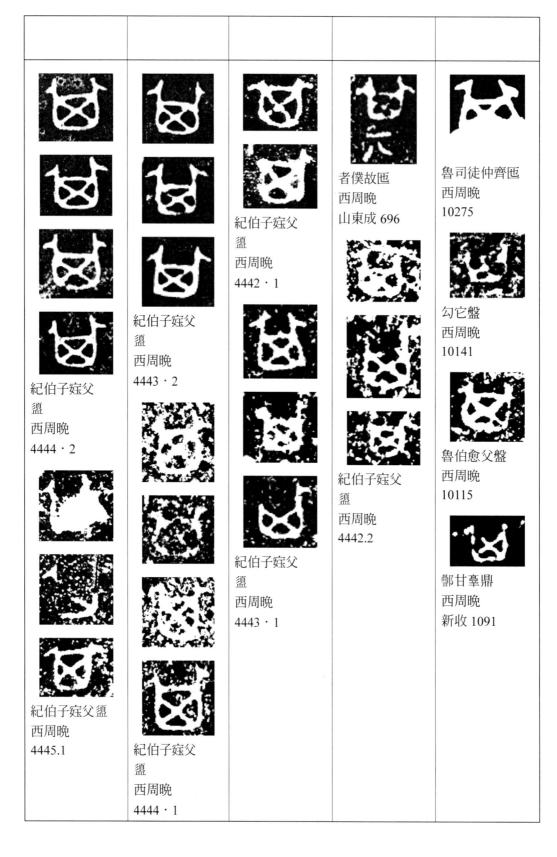

紀伯子窹父
盨
西周晚
4444 · 2

紀伯子窹父盨
西周晚
4445.1

紀伯子窹父
盨
西周晚
4443 · 2

紀伯子窹父
盨
西周晚
4444 · 1

紀伯子窹父
盨
西周晚
4442 · 1

紀伯子窹父
盨
西周晚
4443 · 1

者僕故匝
西周晚
山東成 696

紀伯子窹父
盨
西周晚
4442.2

魯司徒仲齊匝
西周晚
10275

勾它盤
西周晚
10141

魯伯愈父盤
西周晚
10115

鄦甘辜鼎
西周晚
新收 1091

| | | | | |
|---|---|---|---|---|
| <br>魯伯大父作<br>仲姬俞簋<br>春秋早<br>3988<br><br><br>魯伯大父作<br>仲姬俞簋<br>春秋早<br>3989<br><br><br><br>郑友父鬲<br>春秋早<br>圖像集成 2939 | <br>叔臨父敦<br>西周<br>山東成 426<br><br><br>郜遣簋<br>春秋早<br>4040・1<br><br><br>郜遣簋<br>春秋早<br>4040・2<br><br><br>魯伯大父簋<br>春秋早<br>3974 | <br>史舉簋<br>西周<br>山東成 377<br><br><br>魯侯簋<br>西周晚或春秋<br>早<br>近出 518<br><br><br>弗敏父鼎<br>春秋早<br>2589<br><br><br>宿生鼎<br>春秋早<br>2524 | <br>魯侯鼎<br>西周晚或春秋<br>早<br>近出 324<br><br><br>郜召簋蓋<br>西周晚或春秋<br>早<br>近出 526<br><br><br>郜召簋<br>西周晚或春秋<br>早<br>近出 526<br><br><br>史舉簋<br>西周<br>山東成 377 | <br><br><br>紀伯子庭父盨<br>西周晚<br>4445・2<br><br><br>杞伯每亡鼎<br>西周晚或春秋<br>早<br>2642 |

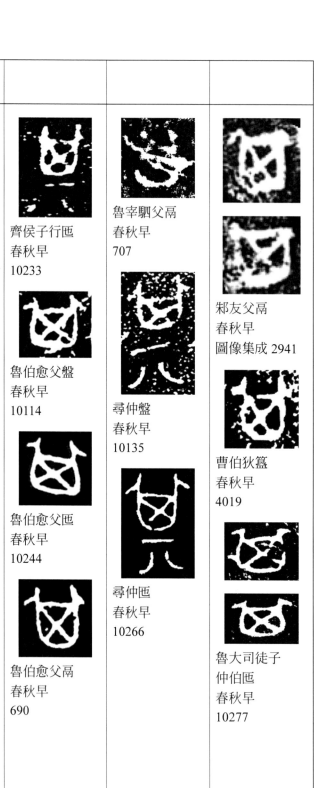

魯伯愈父鬲
春秋早
695

杞伯每亡壺
春秋早
9688

魯伯愈盨蓋
春秋早
4458·1

魯伯愈父鬲
春秋早
691

魯伯愈父鬲
春秋早
692

魯伯愈父鬲
春秋早
693

魯伯愈父鬲
春秋早
694

齊侯子行匜
春秋早
10233

魯伯愈父盤
春秋早
10114

魯伯愈父匜
春秋早
10244

魯伯愈父鬲
春秋早
690

魯宰駟父鬲
春秋早
707

尋仲盤
春秋早
10135

尋仲匜
春秋早
10266

郳友父鬲
春秋早
圖像集成 2941

曹伯狄簋
春秋早
4019

魯大司徒子
仲伯匜
春秋早
10277

| | | | | |
|---|---|---|---|---|
| 　魯大司徒厚氏元簠　春秋早　4689 | 　鑄子叔黑叵簠　春秋早　4571 | 　鑄公簠蓋　春秋早　4574 | 　邿□伯鼎　春秋早　2641 | <br><br>　魯伯愈盨蓋　春秋早　4458・2 |
| 　魯大司徒厚氏元簠蓋　春秋早　4690.1 | 　叔黑叵匜　春秋早　10217 | 　鑄子叔黑叵簠蓋　春秋早　4570.1 | 　邿□伯鼎　春秋早　2640 | |
| 　魯大司徒厚氏元簠　春秋早　4690.2 | 　鑄子叔黑叵鼎　春秋早　2587 | 　鑄子叔黑叵簠　春秋早　4570.2 | 　黽叔豸父簠　春秋早　4592 | 　走馬薛仲赤簠　春秋早　4556 |
| 　魯大司徒厚氏元簠蓋　春秋早　4691 | 　魯大司徒厚氏元簠　春秋早　4689 | 　鑄子叔黑叵簠蓋　春秋早　4571 | 　鑄子叔黑叵鬲　春秋早　735 | |

| | | | | |
|---|---|---|---|---|
| <br><br>倪慶鬲<br>春秋早<br>圖像集成 2866<br><br><br><br>倪慶鬲<br>春秋早<br>圖像集成 2867<br><br><br><br>正叔止士斁俞簠<br>春秋早<br>遺珍 42-44<br><br><br><br>魯宰虩簠<br>春秋早<br>遺珍 45-46 | <br><br>陳侯壺<br>春秋早<br>9634.2<br><br><br><br>邾君慶壺蓋<br>春秋早<br>遺珍 35-38<br><br><br><br>邾君慶壺<br>春秋早<br>遺珍 35-38<br><br><br><br>鼄公子害簠<br>春秋早<br>遺珍 67<br><br><br><br>鼄公子害簠蓋<br>春秋早<br>遺珍 67 | <br><br>霝父君瓶<br>春秋早<br>遺珍 31-33<br><br><br><br>陳侯壺蓋<br>春秋早<br>9633.1<br><br><br><br>陳侯壺<br>春秋早<br>9633.2<br><br><br><br>陳侯壺蓋<br>春秋早<br>9634.1 | <br><br>鼄慶簠<br>春秋早<br>遺珍 116<br><br><br><br>昆君婦媿霝壺<br>春秋早<br>遺珍 63-65<br><br><br><br><br>邾友父鬲<br>春秋早<br>遺珍 29-30<br><br><br><br>霝父君瓶蓋<br>春秋早<br>遺珍 31-33 | <br><br>魯大司徒厚<br>氏元簠<br>春秋早<br>4691<br><br><br><br>夆叔盤<br>春秋早<br>10163<br><br><br><br>杞伯每亡盆<br>春秋早<br>10334<br><br><br><br>杞伯每亡匜<br>春秋早<br>10255 |

| | | | | |
|---|---|---|---|---|
| <br><br>莒平鐘<br>春秋晚<br>172<br><br><br>莒平鐘<br>春秋晚<br>173<br><br><br>莒平鐘<br>春秋晚<br>176 | <br><br>巤公鼎<br>春秋晚<br>文物 2014.1<br><br><br>宋公固簠<br>春秋晚<br>文物 2014.1<br><br><br>陳樂君歔甗<br>春秋晚<br>近出 163 | <br>魯大左司徒元<br>鼎<br>春秋中<br>2592<br><br><br>郘公典盤<br>春秋中<br>近出 1009<br><br><br>宋公圝鼎<br>春秋晚<br>文物 2014.1<br><br><br>齊侯盤<br>春秋中<br>10117 | <br>商丘叔簠<br>春秋早<br>新收 1071<br><br><br>鑄公簠<br>春秋早<br>山東存鑄 2.1<br><br><br>竈慶簠<br>春秋早<br>遺珍 116<br><br><br>昆君婦媿霝壺<br>春秋早<br>遺珍 63-65 | <br>魯宰虩簠<br>蓋<br>春秋早<br>遺珍 45-46<br><br><br>子皇母簠<br>春秋早<br>遺珍 49-50<br><br><br>兒慶匜鼎<br>春秋早<br>遺珍 68-69<br><br><br><br>畢仲弁簠<br>春秋早<br>遺珍 48 |

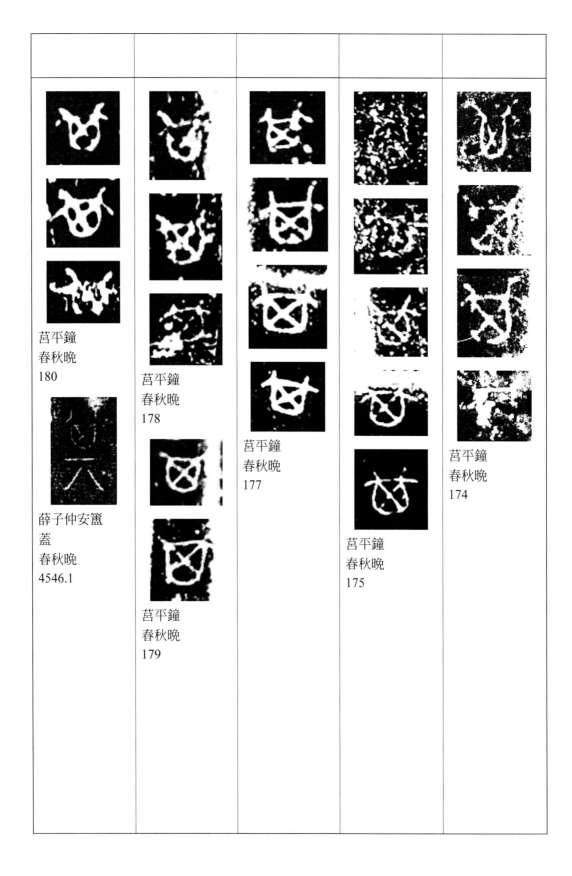

莒平鐘
春秋晚
180

薛子仲安簠
蓋
春秋晚
4546.1

莒平鐘
春秋晚
178

莒平鐘
春秋晚
179

莒平鐘
春秋晚
177

莒平鐘
春秋晚
175

莒平鐘
春秋晚
174

| | | | | |
|---|---|---|---|---|
| 叔夷鐘<br>春秋晚<br>278 | 叔夷鐘<br>春秋晚<br>275 | 叔夷鐘<br>春秋晚<br>276 | 荊公孫敦<br>春秋晚<br>近出 537 | 薛子仲安簠<br>春秋晚<br>4546.2 |
| 叔夷鐘<br>春秋晚<br>280 | | 叔夷鐘<br>春秋晚<br>277 | 余王鼎<br>春秋晚<br>文物 2014.1 | 薛子仲安簠<br>春秋晚<br>4547 |
| 叔夷鐘<br>春秋晚<br>283 | | | 工盧王劍<br>春秋晚<br>11665 | 薛子仲安簠<br>春秋晚<br>4548 |
| 叔夷鐘<br>春秋晚<br>284 | | | 叔夷鐘<br>春秋晚<br>273 | 筥平壺<br>春秋晚<br>新收 1088 |

齊侯作孟姬
盤
春秋
10123

鑄叔獻簠
春秋
海岱 90.10

攻吳王夫差劍
戰國
新收 1523

者斿故匜
周代
山東成 696

黃太子伯克盆
春秋
10338

夆叔匜
春秋
10282

賈孫叔子屖盤
春秋
山東成 675

公子土斧壺
春秋晚
9709

莒大叔壺
春秋晚
近出二 876

攻敔王夫差劍春
秋晚
近出 1226

郑遣簋
春秋
通鑑 5277

叔夷鎛
春秋晚
285

| 左 274 | 奠 273 | 典 272 | 丌 271 | 嬰 270 |
|---|---|---|---|---|
| 𠂢 | 奠 | 典 | 丌 | |

| 左 274 | 奠 273 | 典 272 | 丌 271 | 嬰 270 |
|---|---|---|---|---|
| 淳于左造戈<br>春秋早<br>近出 1130 | 鄭鈞盒<br>戰國早<br>近出 1044 | 叔夷鐘<br>春秋晚<br>275 | 子禾子釜<br>戰國中<br>10374 | 不其簋<br>西周晚<br>4328 |
| 魯大左司徒元鼎<br>春秋中<br>2592 | | 叔夷鎛<br>春秋晚<br>285 | | |
| 郳州戈<br>春秋晚<br>11074 | | 郘公典盤<br>春秋中<br>近出 1009 | | |

陳純釜
戰國中
10371

子禾子釜
戰國中
10374

左關之鉶
戰國中
10368

左徒戈
春秋
10971

左戈
春秋
近出 1083

左徒戈
春秋
10971

叔夷鎛
春秋晚
285

叔夷鐘
春秋晚
280

平阿左戈
春秋晚
近出 1135

平阿左戈
春秋晚
近出 1135

叔夷鐘
春秋晚
272

叔夷鐘
春秋晚
274

叔夷鐘
春秋晚
278

叔夷鐘
春秋晚
279

# 差 275

| 宋公差戈<br>春秋晚<br>11289 | 十年洱陽令戈<br>戰國<br>近出 1195 | 左戈<br>戰國<br>考古 94.9 | 四十年左工耳杯<br>戰國晚<br>新收 1078 | 摹本<br>成戈<br>戰國中晚<br>國博館刊<br>2012.9 |
| 叔夷鎛<br>春秋晚<br>274 | 十年鈹<br>戰國<br>11685 | 平阿左戟<br>戰國<br>11158 | 郘氏左戈<br>戰國晚<br>近出 1117 | 摹本<br>齊城左戈<br>戰國晚<br>新收 1167 |
| 叔夷鎛<br>春秋晚<br>285.4 | | 垣左戟<br>戰國<br>海岱 37.63 | 左稟戈<br>戰國<br>10930 | |
| | | | 左戈<br>戰國<br>近出 1084 | |

甘 278　　巫 277　　　　　工 276

| 甘 | 巫 | 工 | | |
|---|---|---|---|---|
| 鄀甘臺鼎 西周晚 新收 1091 | 齊巫姜簋 西周晚 3893 | 四十一年工右耳杯 戰國晚 新收 1077　 四十年左工耳杯 戰國晚 新收 1078 | 右司工鋝 西周早 新收 1125　 不嬰簋 西周晚 4328　 工盧王劍 春秋晚 11665 | 攻敔王夫差劍春秋晚 近出 1226　 攻吳王夫差劍 戰國 新收 1523　 悍距末 戰國 11915 |

| 曰 282 | | 甚 281 | 猷 280 | 麿 279 |
|---|---|---|---|---|
| 𠙵 | | 是 | 猷 | 麿 |

| 曰 282 | | 甚 281 | 猷 280 | 麿 279 |
|---|---|---|---|---|
| 楚良臣余義鐘<br>春秋晚<br>183 | 鬲簋<br>西周早<br>國博館刊 2012.1 | 甚諆鼎<br>西周中<br>2410 | 叔夷鐘<br>春秋晚<br>272 | 遇甗<br>西周中<br>948 |
| 叔夷鐘<br>春秋晚<br>272 | 引簋<br>西周中晚<br>海岱 37.6 | | 叔夷鐘<br>春秋晚<br>281 | 竅鼎<br>西周中<br>2721 |
| 叔夷鐘<br>春秋晚<br>273 | 不其簋<br>西周晚<br>4328 | | 叔夷鐘<br>春秋晚<br>285 | |

# 曹 284　　朁 283

|  |  | | | |
|---|---|---|---|---|
|
曹伯狄簋
春秋早
4019 | 叔卣內底
西周早
新出金文與西周
歷史 9 頁圖二.4

叔尊
西周早
新出金文與西周
史 8 頁圖二.1 |
陳純釜
戰國中
10371

司馬楙編鎛
戰國
山東成
104-108

四十年左工耳杯
戰國晚
新收 1078 |

叔夷鐘
春秋晚
285 | 叔夷鐘
春秋晚
278

叔夷鐘
春秋晚
274 |

乃 286　　鹵 285

| | | | | |
|---|---|---|---|---|
| | | | | |
| 叔夷鐘 春秋晚 274 | 叔夷鐘 春秋晚 275 叔夷鐘 春秋晚 272 | 莒平鐘 春秋晚 172 莒平鐘 春秋晚 174 莒平鐘 春秋晚 176 莒平鐘 春秋晚 180 | 引簋 西周中晚 海岱 37.6 不嬰簋 西周晚 4328 上曾太子鼎 春秋早 2750 | 鴑簋 西周早 國博館刊 2012.1 |

粤 288　　丂 287

| 粤 | 丂 | | | |
|---|---|---|---|---|
| 十年洱陽令戈 戰國 近出 1195 | 口諆簋 西周晚 4533 郘公典盤 春秋中 近出 1009 陳劍考釋 | 叔夷鎛 春秋晚 285 | | 叔夷鐘 春秋晚 281 |

## 于 291 　 乎 290 　 可 289

| 于 | | 亐 | 乎 | 可 |
|---|---|---|---|---|
| 遇甗<br>西周中<br>948 | 啓卣<br>西周早<br>5410 | 大保簋<br>西周早<br>4140 | 乎子父乙爵<br>西周早<br>8862 | 梁白可忌豆<br>戰國<br>近出 543 |
| 引簋<br>西周中晚<br>海岱 37.6 | 束作父辛卣<br>蓋<br>西周早<br>5333 | 辛嬰簋<br>西周早<br>新收 1148 | 乎子父乙爵<br>西周早<br>8863 | |
| 蔡姞簋<br>西周晚<br>4198 | 束作父辛卣<br>西周早<br>5333 | 啓卣蓋<br>西周早<br>5410 | | |
| 囗彶簋<br>西周晚<br>4533 | 𤲞鼎<br>西周中<br>2721 | | | |

莒平鐘
春秋晚
177

莒平鐘
春秋晚
178

莒平鐘
春秋晚
179

莒平鐘
春秋晚
180

莒平鐘
春秋晚
172

莒平鐘
春秋晚
174

莒平鐘
春秋晚
175

莒平鐘
春秋晚
176

郘遣簋
春秋
通鑑 5277

淳于公戈
春秋早
近出 1157

楚良臣余義
鐘
春秋晚
183

淳于左造戈
春秋早
近出 1130

郘遣簋
春秋早
4040.1

郘遣簋
春秋早
4040.2

不其簋
西周晚
4328

| | | | | |
|---|---|---|---|---|
| | | 叔夷鐘<br>春秋晚<br>276 | 叔夷鐘<br>春秋晚<br>274 | 淳于右戈<br>春秋晚<br>圖像集成<br>16684 |
| | | 叔夷鐘<br>春秋晚<br>278 | | |
| | | 叔夷鐘<br>春秋晚<br>281 | | 叔夷鐘<br>春秋晚<br>272 |
| | | 叔夷鐘<br>春秋晚<br>282 | 叔夷鐘<br>春秋晚<br>275 | 叔夷鐘<br>春秋晚<br>273 |

# 平 292

| 夛 | | | | |
|---|---|---|---|---|
| 　莒平鐘　春秋晚　175 | 　莒平鐘　春秋晚　172 | 　司馬楙編鎛　戰國　山東成 106 | 　子禾子釜　戰國中　10374 | 　叔夷鐘　春秋晚　285 |
| 　莒平鐘　春秋晚　176 | 　莒平鐘　春秋晚　173 | 　司馬楙編鎛　戰國　山東成 107 | | 　陳純釜　戰國中　10371 |
| 　莒平鐘　春秋晚　177 | <br>　莒平鐘　春秋晚　174 | 　作用戈　戰國　11107 | | |

旨 293

| 旨 | | | | |
|---|---|---|---|---|
| 上曾太子鼎<br>春秋早<br>2750 | 平阿左戟<br>戰國晚<br>新收 1030<br><br>平阿右戟<br>戰國晚<br>近出 1150<br><br>平阿左戟<br>戰國<br>11158 | 廿四年莒陽斧<br>戰國晚<br>近出 1244<br><br>平阿戈<br>戰國<br>圖像集成 16458 | 莒平鐘<br>春秋晚<br>180<br><br>莒大叔壺<br>春秋晚<br>近出二 876<br><br>平陽高馬里戈<br>春秋晚<br>11156 | 莒平鐘<br>春秋晚<br>178<br><br>莒平鐘<br>春秋晚<br>179<br><br>平阿左戈<br>春秋晚<br>近出 1135<br><br>莒平壺<br>春秋晚<br>新收 1088 |

| 虐 297 | 豐 296 | 嘉 295 | 彭 294 |
|---|---|---|---|
| | | | |

虐 297

叔夷鐘
春秋晚
272

叔夷鐘
春秋晚
274

莒平鐘
春秋晚
177

莒平鐘
春秋晚
179

莒平鐘
春秋晚
180

豐 296

豐簋
西周中
考古 2010.8

豐觥
西周中
中新網
2010.1.14

嘉 295

上曾太子鼎
春秋早
2750

陳侯作嘉姬
簋
春秋早
3903

彭 294

揚方鼎
西周早
2613

| 虒 302 | 虪 301 | 虢 300 | 虎 299 | 虜 298 |
|---|---|---|---|---|
| | | | | |

| 虒 302 | 虪 301 | 虢 300 | 虎 299 | 虜 298 |
|---|---|---|---|---|
| 己侯虒鐘<br>西周晚<br>14<br>徐同柏謂<br>即虢之省。 | 魯宰虪簠<br>春秋早<br>遺珍 45-46 | 叔夷鐘<br>春秋晚<br>275<br><br>叔夷鐘<br>春秋晚<br>285 | 叔夷鐘<br>春秋晚<br>283<br><br>叔夷鐘<br>春秋晚<br>285 | 黽叔豸父簠<br>春秋早<br>4592<br><br>叔夷鐘<br>春秋晚<br>275 | 虜台丘子俅<br>戈戰國晚<br>圖像集成<br>17063 |

| 盬306 | | 盌 305 | 盂 304 | 虓 303 |
|---|---|---|---|---|
| 盬 | | 盌 | 盂 | |

| | | | | |
|---|---|---|---|---|
| 郜仲簠<br>西周中晚<br>新收 1045 | 右里銅量<br>戰國<br>10366 | 右里銅量<br>戰國<br>10367 | 魯大司徒厚氏<br>元盂<br>春秋早<br>10316 | 叔尊<br>西周早<br>新出金文與西周<br>史 8 頁圖二.1 |
| 郜仲簠蓋<br>西周中晚<br>新收 1045 | | | | |
| 郜仲簠<br>西周中晚<br>新收 1046 | 右里銅量<br>戰國<br>近出 1050 | 右里攱量<br>戰國晚<br>新收 1176 | 罟所齲盂<br>春秋晚<br>海岱 37.256 | |
| 𠂤仲簠<br>西周晚<br>4534 | | | 濫盂<br>春秋<br>新浪網 | |

| | | | | |
|---|---|---|---|---|
| <br>子皇母簠<br>春秋早<br>遺珍 49-50 | <br>鑄子叔黑臣簠蓋<br>春秋早<br>4571 | <br>邿召簠<br>西周晚或春秋早<br>近出 526 | <br>史臩簠<br>西周<br>山東成 377 | <br>射南簠<br>西周晚<br>4479 |
| <br>黿公子害簠<br>春秋早<br>遺珍 67 | <br>鑄子叔黑臣簠<br>春秋早<br>4571 | <br>走馬薛仲赤簠<br>春秋早<br>4556 | <br>史臩簠<br>西周<br>山東成 377 | <br>射南簠<br>西周晚<br>4480 |
| <br>黿公子害簠蓋<br>春秋早<br>遺珍 67 | <br>宰虢簠<br>春秋早<br>遺珍 45-46 | <br>鑄子叔黑臣簠蓋<br>春秋早<br>4570.1 | <br>魯侯簠<br>西周晚或春秋早<br>近出 518 | <br>冑簠<br>西周晚<br>4532 |
| <br>黿慶簠<br>春秋早<br>遺珍 116 | <br>魯宰虢簠蓋<br>春秋早<br>遺珍<br>45-46 | <br>鑄子叔黑臣簠<br>春秋早<br>4570.2 | <br>邿召簠蓋<br>西周晚或春秋早<br>近出 526 | <br>口諛簠<br>西周晚<br>4533 |

盨 308　　盆 307

|  盨 |  盆 | | | |
|---|---|---|---|---|
| <br>魯司徒仲齊盨<br>西周晚<br>4440.1 | 杞伯每亡盆<br>春秋早<br>10334 | 薛子仲安簠<br>春秋晚<br>4546.1 | <br>畢仲弁簠<br>春秋早<br>遺珍 48 | 黿慶簠<br>春秋早<br>遺珍 116 |
| 魯司徒仲齊盨<br>西周晚<br>4440.2 | 黃太子伯克盆<br>春秋<br>10338 | <br>薛子仲安簠<br>春秋晚<br>4546.2 | <br>鑄公簠蓋<br>春秋早<br>4574 | 商丘叔簠<br>春秋早<br>新收 1071 |
| <br>魯司徒仲齊盨蓋<br>西周晚<br>4441 | | 薛子仲安簠<br>春秋晚<br>4547 | 鑄公簠<br>春秋早<br>山東存鑄 2.1 | 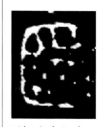<br>正叔止士皷俞簠<br>春秋早<br>遺珍 42-44 |
| <br>魯司徒仲齊盨<br>西周晚<br>4441 | | <br>鑄叔獙簠<br>春秋<br>海岱 90.10 | <br>薛子仲安簠<br>春秋晚<br>4548 | 正叔止士皷俞<br>簠<br>春秋早<br>遺珍 42-44 |

盥 310　　益 309

| 盥 | 益 | | | |
|---|---|---|---|---|
| <br>夆叔盤<br>春秋早<br>10163 | <br>益公鐘<br>西周晚<br>16 | <br>魯伯愈盨蓋<br>春秋早<br>4458 | <br>紀伯子庭父盨<br>春秋<br>4444 | <br>紀伯子庭父盨<br>春秋<br>4442‧1 |
| <br>郜公典盤<br>春秋中<br>近出 1009 | <br>摹本<br>丁之十耳杯<br>戰國晚<br>新收 1079 | <br>魯伯愈盨<br>春秋早<br>4458 | <br>紀伯子庭父盨蓋<br>春秋<br>4444 | <br>紀伯子庭父盨<br>春秋<br>4442‧2 |
| <br>賈孫叔子屖盤<br>春秋<br>山東成 675 | <br>少司馬耳杯<br>戰國晚<br>新收 1080 | | <br>紀伯子庭父盨<br>春秋<br>4445 | <br>紀伯子庭父盨<br>春秋<br>4443 |
| <br>莒大叔壺<br>春秋晚<br>近出二 876 | | | <br>紀伯子庭父盨蓋<br>春秋<br>4445 | <br>紀伯子庭父盨蓋<br>春秋<br>4443 |
| <br>夆叔匜<br>春秋<br>10282 | | | | |

| 爵 315 | 井 314 | 櫨 313 | 盅 312 | 盤 311 |
|---|---|---|---|---|
| | 井 | | | |
|  |  | | | |
|  史嬰爵<br>西周早<br>滕州墓上 256 頁<br>圖 181.2 |  叔夷鐘<br>春秋晚<br>274<br>用作荆 |  公子土斧壺<br>春秋晚<br>9709 |  子禾子釜<br>戰國中<br>10374 | 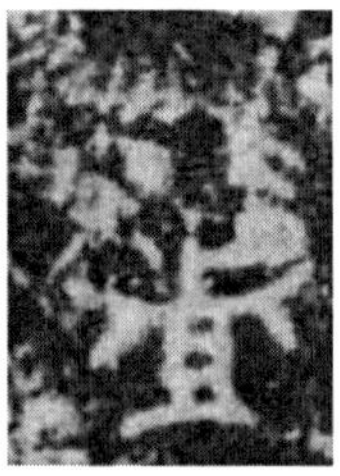 子禾子釜<br>戰國中<br>10374 |

| 鱶319 | 食 318 | 既 317 | | 荊316 |
|---|---|---|---|---|
| 鱶 | 食 | | 既 | 荊 |
| 新鄩簋<br>西周早<br>3439 | 上曾太子鼎<br>春秋早<br>2750 | 上曾太子鼎<br>春秋早<br>2750 | 憲鼎<br>西周早<br>2749 | 叔夷鎛<br>春秋晚<br>285 |
| 新鄩簋<br>西周早<br>3440 | | 叔夷鐘<br>春秋晚<br>272 | 遇甗<br>西周中<br>948 | 子禾子釜<br>戰國中<br>10374 |
| 胄簋<br>西周晚<br>4532 | | 叔夷鎛<br>春秋晚<br>285 | 引簋<br>西周中晚<br>海岱 37.6 | 司馬楙編鎛<br>戰國<br>山東成 105 |
| 魯司徒仲齊盨<br>西周晚<br>4440 | | | | |

## 饗 322　　飤 321　　飯 320

|  |  |  | | |
|---|---|---|---|---|
| <br>疐鬲<br>西周早<br>631<br><br>濫盂<br>春秋<br>新浪網 | <br>郜召簠蓋<br>西周晚或春秋早<br>近出 526<br><br>郜召簠<br>西周晚或春秋早<br>近出 526 | <br>公子土斧壺<br>春秋晚<br>9709 | <br>宋公圝鼎<br>春秋晚<br>文物 2014.1<br><br>宋公圝簠<br>春秋晚<br>文物 2014.1<br><br>黄太子伯克盆<br>春秋<br>10338<br><br>宋左大帀鼎<br>戰國<br>山東成 213 | <br>魯司徒仲齊盨<br>西周晚<br>4441<br><br>魯司徒仲齊盨蓋<br>西周晚<br>4441<br><br>子皇母簠<br>春秋早<br>遺珍 49-50<br><br>鼄叔彖父簠<br>春秋早<br>4592 |

| 矢 326 | 訇 325 | | 內 324 | 僉 323 |
|---|---|---|---|---|
| 夨 | 圉 | | 內 | 僉 |

| 矢 326 | 訇 325 | 內 324 | | 僉 323 |
|---|---|---|---|---|
| 矢伯獲卣蓋<br>西周早<br>5291.1 | 鮑子鼎<br>春秋晚<br>中國歷史文<br>物 2009.2 | 叔夷鐘<br>春秋晚<br>284 | 芮公叔簠蓋<br>西周早或中<br>近出 446 | 霝父君瓶蓋<br>春秋早<br>遺珍 31-33 |
| 矢伯獲卣<br>西周早<br>5291.2 | | 叔夷鐘<br>春秋晚<br>285 | 芮公叔簠器<br>西周早或中<br>近出 446 | 霝父君瓶<br>春秋早<br>遺珍 31-33 |
| 不嬰簋<br>西周晚<br>4328 | | 子禾子釜<br>戰國中<br>10374 | 叔夷鐘<br>春秋晚<br>277 | |
| | | 柴內右戈<br>戰國晚<br>近出 1114 | | |

<table>
<tr><td></td><td></td><td></td><td>庆 328</td><td>躲 327</td></tr>
</table>

| | | | 庆 | 躲 |
|---|---|---|---|---|
| 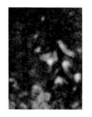<br><br>叔卣內底<br>西周早<br>新出金文與西周<br>歷史 9 頁圖二.4<br><br><br>遹甗<br>西周中<br>948<br><br><br>曩侯弟鼎<br>西周中晚<br>2638 | <br>叔尊<br>西周早<br>新出金文與西周<br>歷史 8 頁圖二.1<br><br><br>（董珊摹本）<br>叔卣蓋<br>西周早<br>古研 29 輯 311<br>頁圖四 | <br>滕侯方鼎蓋<br>西周早<br>2154<br><br><br>啓卣<br>西周早<br>5410<br><br><br>啓卣蓋<br>西周早<br>5410 | <br><br>憲鼎<br>西周早<br>2749<br><br><br>滕侯簋<br>西周早<br>3670<br><br><br>滕侯方鼎<br>西周早<br>2154 | <br>屑女射鑑<br>商<br>10286<br><br><br>辛瓒簋<br>西周早<br>新收 1148<br><br><br>射南簋<br>西周晚<br>4479<br><br><br>射南簋<br>西周晚<br>4480 |

| | | | | |
|---|---|---|---|---|
| 齊侯子行匜<br>春秋早<br>10233 | 陳侯壺蓋<br>春秋早<br>9633.1 | 魯侯簠<br>西周晚或春秋早<br>近出 518 | 己侯虢鐘<br>西周晚<br>14 | 侯母壺蓋<br>西周晚<br>9657.1 |
| 滕侯盨<br>春秋早<br>遺珍 99 頁 | 陳侯壺<br>春秋早<br>9633.2 | 魯侯彝<br>西周<br>總集 4754 | 己侯鬲<br>西周晚<br>600 | 侯母壺<br>西周晚<br>9657.2 |
| 齊侯盤<br>春秋中<br>10117 | 薛侯行壺<br>春秋早<br>近出 951 | 陳侯壺蓋<br>春秋早<br>9634.1 | 己侯壺<br>西周晚<br>9632 | |
| 叔夷鐘<br>春秋晚<br>275 | | 陳侯壺<br>春秋早<br>9634.2 | 魯侯鼎<br>西周晚或春秋早<br>近出 324 | |

# 高 329

| | | 高 | | |
|---|---|---|---|---|
| <br>叔夷鐘<br>春秋晚<br>285 | <br>陳大喪史仲高鐘<br>春秋中<br>353.1 | <br>不嬰簋<br>西周晚<br>4328 | <br>叔夷鐘<br>春秋晚<br>278 | <br>滕侯昃敦<br>春秋晚<br>4635 |
| <br>楚高缶<br>戰國<br>9990 | <br>陳大喪史仲高鐘<br>春秋中<br>355.1 | <br>不嬰簋蓋<br>西周晚<br>4329 | <br>叔夷鐘<br>春秋晚<br>280 | <br>滕侯昃戈<br>春秋晚<br>11079 |
| <br>楚高缶<br>戰國<br>9989 | <br>平陽高馬里戈<br>春秋晚<br>11156 | <br>高子戈<br>春秋早<br>10961 | <br>叔夷鐘<br>春秋晚<br>285 | <br>侯散戈<br>春秋晚<br>近出 1111 |
| | <br>叔夷鐘<br>春秋晚<br>275 | | <br>齊侯作孟姬盤<br>春秋<br>10123 | <br>齊侯作孟姜敦<br>春秋晚<br>4645 |

| | | 亯 332 | 京 331 | 亳 330 |
|---|---|---|---|---|
| | | 亯 | 京 | 亳 |
| 魯司徒仲齊盨<br>西周晚<br>4441 | 蔡姞簋<br>西周晚<br>4198 | 伯口亯<br>西周早<br>5393 | 京觶<br>西周早<br>6090 | 亳庎戈<br>春秋晚<br>11085 |
| 魯司徒仲齊盤<br>西周晚<br>10116 | 不嬰簋<br>西周晚<br>4328 | 伯鼎<br>西周中<br>2460 | 叔京簋<br>西周早<br>3486 | |
| 胄簋<br>西周晚<br>4532 | 魯司徒仲齊盨<br>西周晚<br>4440 | 齊巫姜簋<br>西周晚<br>3893 | 京戈<br>春秋早<br>10808 | |
| 勾它盤<br>西周晚<br>10141 | 魯司徒仲齊盨蓋<br>西周晚<br>4441 | | | |

杞伯每亡簋蓋
春秋早
3900

杞伯每亡簋蓋
春秋早
3898

杞伯每亡簋
春秋早
3901

杞伯每亡簋
春秋早
3898

郜造鼎
春秋早
2422

杞伯每亡鼎
春秋早
3879

魯侯彝
西周
總集 4754

杞伯每亡鼎
西周晚或春秋早
2642

司馬南叔匜
西周晚
10241

魯司徒仲齊匜
西周晚
10275

魯伯大父作
孟姬姜簋
春秋早
3988

杞伯每亡簋蓋
春秋早
3899.1

上曾太子鼎
春秋早
2750

齊趫父鬲
春秋早
685

魯仲齊鼎
西周晚
2639

杞伯每亡簋
春秋早
3899.2

杞伯每亡簋
春秋早
3897

齊趫父鬲
春秋早
686

鄩甘辜鼎
西周晚
新收 1091

魯伯大父作
仲姬俞簋
春秋早
3989

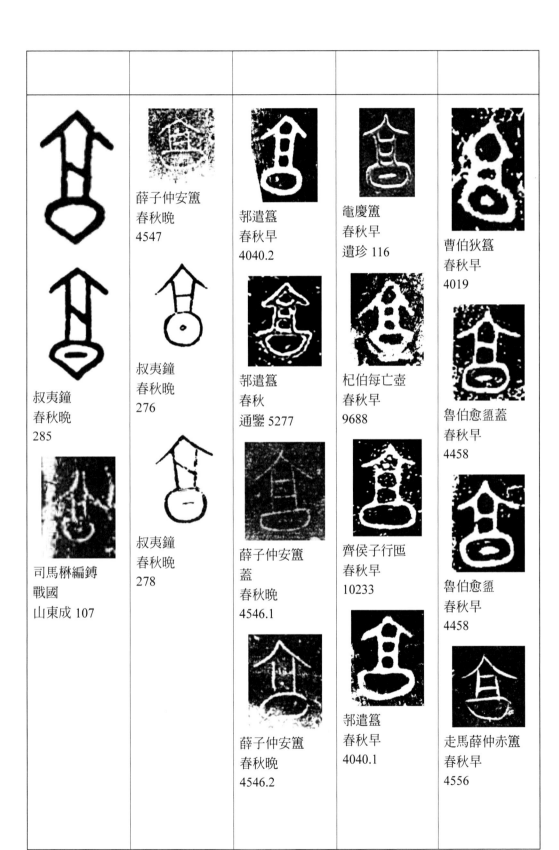

叔夷鐘
春秋晚
285

司馬楙編鎛
戰國
山東成 107

薛子仲安簠
春秋晚
4547

叔夷鐘
春秋晚
276

叔夷鐘
春秋晚
278

郜遣簠
春秋早
4040.2

郜遣簠
春秋
通鑒 5277

薛子仲安簠
蓋
春秋晚
4546.1

薛子仲安簠
春秋晚
4546.2

黿慶簠
春秋早
遺珍 116

杞伯每亡壺
春秋早
9688

齊侯子行匜
春秋早
10233

郜遣簠
春秋早
4040.1

曹伯狄簠
春秋早
4019

魯伯愈盨蓋
春秋早
4458

魯伯愈盨
春秋早
4458

走馬薛仲赤簠
春秋早
4556

厭 335　　厚 334　　韋 333

| 厭 | 厚 | 韋 |
|---|---|---|

濫盂
春秋
新浪網

魯大司徒厚氏元簠
春秋早
4691

魯大司徒厚氏元簠
春秋早
4689

不嬰簋
西周晚
4328

叔夷鐘
春秋晚
274

魯大司徒厚氏元簠蓋
春秋早
4690.1

荊公孫敦
春秋晚
近出 537

滕侯昃敦
春秋晚
4635

鄧甘韋鼎
西周晚
新收 1091

叔夷鎛
春秋晚
285

魯大司徒厚氏元簠
春秋早
4690.2

淳于右戈
春秋晚
圖像集成 16684

淳于左造戈
春秋早
近出 1130

工師厚子鼎
戰國早
近出 261

魯大司徒厚氏元簠蓋
春秋早
4691

淳于公戈
春秋早
近出 1157

| 來 340 | 嗇 339 | 爨 338 | 向 337 | 良 336 |
|---|---|---|---|---|
| 𣏎 | 𤿎 | | 向 | 𠨰 |
| 小臣俞犀尊<br>商晚<br>5990 | 十年鈹<br>戰國<br>11685 | 濫盂<br>春秋<br>新浪網 | 陳純釜<br>戰國中<br>10371 | 良山戈<br>西周早<br>山東成 762 |
| 旅鼎<br>西周早<br>2728 | | | 子禾子釜<br>戰國中<br>10374 | |
| 不嬰簋<br>西周晚<br>4328 | | | 左稟戈<br>戰國<br>10930 | |
| 不嬰簋蓋<br>西周晚<br>4329 | | | | |

| 夒 343 | | | 夏 342 | 憂 341 |
|---|---|---|---|---|
|  |  |  |  |  |
| 小臣艅犀尊<br>商晚<br>5990 | 叔夷鎛<br>春秋晚<br>285 | 莒平鐘<br>春秋晚<br>175 | 莒平鐘<br>春秋晚<br>172 | 或認爲「擾」字。<br>啓卣蓋<br>西周早<br>5410 |
| |  |  |  |  |
| | 邿伯缶<br>戰國早<br>10006 | 莒平鐘<br>春秋晚<br>176 | 莒平鐘<br>春秋晚<br>173 | 啓卣<br>西周早<br>5410 |
| |  |  |  | |
| | 邿伯缶<br>戰國早<br>10007 | 莒平鐘<br>春秋晚<br>177 | 莒平鐘<br>春秋晚<br>174 | |
| | |  | | |
| | | 莒平鐘<br>春秋晚<br>179 | | |

| | | 夆 346 | 弟 345 | 韓 344 |
|---|---|---|---|---|
| | | 夆 | 弟 | 韓 |
| 夆彝簋<br>西周早<br>3130 | 夆盉<br>西周早<br>近出 932 | 夆方鼎<br>西周早<br>近出 191 | 曩侯弟鼎<br>西周中晚<br>2638 | 十年鈹<br>戰國<br>11685 |
| 夆叔盤<br>春秋早<br>10163 | 夆盤<br>西周早<br>近出 996 | 夆方鼎<br>西周早<br>近出 275 | | |
| 夆叔匜<br>春秋<br>10282 | 夆彝簋<br>西周早<br>3131 | 夆觶<br>西周早<br>近出 645 | | |

乘 347

| | | | | 乗 |
|---|---|---|---|---|
| | | | | 乘父士杉盨<br>西周晚<br>4437 |
| | | | | 十年洱陽令戈<br>戰國<br>近出 1195 |